光文社文庫

独り舞

李　琴峰（り ことみ）

光　文　社

目次

01

死ぬ。

死ぬこと。

高層オフィスビルの二十三階で、ガラス張りの壁越しに色鮮やかなネオンライトが点滅する街を俯瞰しながら、彼女はこの言葉を何度も玩味した。

良い響きだ。風の囁きよりも優しく、夢の絨毯よりも柔らかい。

死に対して格別強い憧れは抱いていないが、生に対してもそれほど執着は無い。生きているうちはできる限り上手く生きようとするけれど、生の辛さが我慢できる範疇を超えてしまったら、彼女は何の躊躇もなく死を選ぶだろう。

このような死生観は珍しいものかどうか、彼女には分からない。誰も言わないだけで、案外みな同じように考えているのかもしれない。

例えば、今見下ろしているこの街の風景。その中を蟻のように行き交う数え切れない人達に、これから死にゆく人間はどれくらいいるだろうか。あるいは高層ビルから飛び降りて、あるいは鉄道に飛び込んで、あるいは結婚記念日を祝うべくどこかの高級レストランへ急ぐ途中交通事故に遭って。彼女からすれば、生きているということは押しなべて偶然に過ぎないのだ。

「人類が滅亡してくれないかな？」

ふと、昨日うっかり漏らしてしまった言葉を思い出した。日本語を喋る時は偶に言葉を制御できず、口にはしたくないような本心まで漏れることがある。

それは社員食堂で、岡部という二つ上の先輩が滔々と持論を述べていた時のことだった。彼は東大卒で、痩躯長身、眼鏡を掛けている顔はメガネザルを想起させるところがあるが、頭のキレがよく、数字に強いと部署内でも評判だ。日本はＧＤＰの二倍以上の借金をしているとか、これからは歴史的な円安を迎えるから時機を見て早く資産をドル建てにした方が良いとか、そういう話題だった。同席の社員は真面目に聞いていたが、彼女は上の空だった。二十七歳の彼女にとって無関係ではいられないはずの話だが、どうしても他人事のように思えてしまう。そこには目には見えない、けれど決して越えられない壁みたいなものが立ちはだかっているように感じられた。十年、二十年後、それは彼女にとって恰も百年千年、遠い未来のように思えた。自分がいなくて当たり前の世界なのだと、そんな気がした。

岡部は口早に喋り続けた。国は国民を犠牲にしても自らが滅ぶのを絶対に避けようとするものだ。戦時中のことを考えれば良い。負債なんて国民から搾り取るつもりなんだ。日本は国が貧乏なだけで国民は金持ちが多いからね。その時だった。

「それまでに人類が滅亡してくれないかな？」

この言葉を漏らした後にすぐ自らの失態に気付いたが、岡部は彼女をちらっと見て、「そうだね」とさらっと流してくれた。ちょうどその時、昼食の時間が終わった。彼女はホッとした。

幼稚で投げやりな言葉だったけれど、ある意味彼女の本音でもあった。死は全てを平等へ導き、全ての傷と痛みを癒す。心のどこかで彼女はそう思っていた。

――やはり世間から見て、こんな考え方は少数派なのだろう。少なくとも未来について語っていた同期の顔からは、死の影がまるで見られなかった。

　二年半前の新入社員研修で、ライフプランニングの講座があった。人生設計。どんな人生を望むか、それを実現するためにはどうすれば良いか、という内容だったが、講座では病気や事故の可能性（リスク）の話を交えながら脅し半分に、きっちり保険（リスクマネジメント）の勧誘も入れてくる。

　保険。「死」がこの世で最も響きの良い言葉だとすれば、「保険」が最も嫌らしい言葉なのだろう。未来の不確かさへの人間の不安に付け込む商売としか思えない。しかも儲かるために本当にそれを必要とする人間を排除するところがどうしても嫌らしく感じられた。

　ところが、そう思うのは彼女だけのようだった。右隣に座っていた由佳は、ねえ、どのプランにするの？　と楽しそうに訊いてきた。三十歳までに結婚し、子供が二人欲しい、一軒家のマイホームを買いたいと言う由佳は、研修で配られた資産運用の資料を熱心に読み込んでいて、その明るい笑顔は咲き誇る向日葵を連想させた。しかし未来というものは彼女にとってあまりにも儚く、ちょうどシャボン玉のようにいつパチッと消えてもおかしくないように感じられた。シャボン玉は消えていないうちは綺麗な虹色に映り、重力を遡り高く飛ぼうとするけれど、割れた瞬間、何の痕跡も残さないのだ。

「保険には入らないよ」彼女はしれっとした表情で答えた。

「えー？　ほんと？」由佳はさも信じられないふうに返答したが、それ以上何も言ってこなかった。

本当は入りたくても入れなかったのだ。福利厚生の一環としての保険プランは料金が安い分、厳しい加入制限が設けられていた。精神科の通院歴があり、定期的に抗鬱剤を服用している彼女は、加入対象から外れていた。勿論、余計な詮索を防ぐために、それは決して言ってはいけないことだった。

由佳は次に、彼女の左隣に座っていた絵梨香に訊いた。「絵梨香ちゃんは？　どのプランに入るの？」

絵梨香は恥ずかしそうな笑みを浮かべながら答えた。「多分、入れないと思う。ほら、足のこともあるし……まだ主治医に相談してみないと分からないけど」

「そっか……何かごめん」由佳は気まずそうに謝った。

絵梨香は大学一年生の夏休みに事故に遭い、それ以来片足が悪いという。足を引き摺りながら歩く絵梨香の姿を見ていると、彼女はどこか痛々しく、それでいて愛おしい気持ちになり、同時にある種の親近感も覚えた。他人の障碍に親近感を覚えるという自分の屈折した感情に罪悪感を抱きながら、彼女は絵梨香と仲良くしていた。

絵梨香は人前で話すのが苦手だった。同じ部門に配属された絵梨香は自己紹介の時に何度か口籠もってしまい、辛うじて「宜しくお願いします」で締め括った。対して彼女は、

「超ノリノリの趙紀恵です。台湾から参りました。でもタピオカミルクティーもパイナップルケーキも大嫌いです」

と、笑いを取りながら堂々と自己紹介を終えた。勿論、レズビアンであることも、「災難」のことも、鬱病のことも、日本には半ば逃亡のような気持ちで渡来したということも、ノリエという日本風の名前は実は自分が付けたものだということも口にはしなかった。

初対面では分からなかったが、時間が経つにつれ、彼女は絵梨香の精神的な強さに気づいた。ある時、社内のエレベーターに同乗する知らないおじさんが無神経に、絵梨香の足を指さして「大変だね」と話しかけてきた。絵梨香はただはにかみ、首を横に振り

ながら、

「いいえ、私より大変な人も沢山いるし」

と答えた。

たとえその場凌ぎの返事だとしても、何故そんなことを口にできるのか、彼女には少し不思議だった。まるで自身の痛みを受け入れているかのようなその台詞を思い出す度に、受け入れ切れない辛さはどうすればいいのかと、彼女は思ってしまう。乗り越えられない痛みもあるのではないだろうか。傷を乗り越えられないまま、それを隠し通そうとするのは不誠実なことなのだろうか。

夜空を背景に、ガラス張りの壁の中に映っているもう一人の自分に、彼女は囁き声でそう問いかけてみた。虚空に浮かんでいるもう一人の自分も無声で唇を開いては閉じた。ガラスに触れてみると、もう一人の自分も同様に手を伸ばしてきて、彼女と掌を合わせた。ガラスの冷たい感触は掌を通して身体に伝わってきた。夜空に浮かぶ雲はオフィス街の明かりに照らされて、混濁した灰色の煙の塊のように見えた。彼女は軽く溜息を吐いた。するとガラスが曇り、その向こうにいるもう一人の自分の顔を覆ってしまった。

02

自分を覆っている巨大な影を最初に感じたのがいつだったか、その影の根源が何だったのか、いくら記憶の糸を手繰(たぐ)ってもその答えには辿り着けなかった。

台湾・彰化(しょうか)県の田舎ではあるが、特段に貧困な家庭に生まれたわけでもなければ、家庭内暴力といった深刻な問題を抱えていたわけでもない。極(ごく)普通の核家族で、父はバイクを売る商売をしていて、母は近所の幼稚園の先生をしていた。共働きでそれなりに経済的な自由もあり、小さい時から彼女に童話や偉人伝などの本を沢山買い与えた。まだ字が沢山読めない低学年の頃から、休憩や放課後の時間を使って、注音符号(1)を拾いつつゆっくり読み進めていたことを今でも覚えている。あまり人と話さないから気味悪がられたこともあったようだった。

「迎梅(インメイ)はいつも暗い目をしていて、ちょっと心配です」

担任の先生が両親にそう話しているのを盗み聞きした。迎梅とは彼女のことで、一月に生まれたことから両親が付けた名前だ。

物心ついた時から、彼女は自分が人と違うのを朧（おぼろ）げながら悟っていた。お姫様と王子様が結ばれる童話に強い違和感を持ち、逆に自分がドロシーになり綺麗な北の魔女と共に旅することを幻想した。この感じ方は明らかに周りと乖離していたのだ。

小学四年生のクラス替えで施丹辰（シーダンチェン）に出会って、彼女のぼんやりした違和感は確信に変わった。色白の丹辰はいつも朦朧（もうろう）とした表情をしていて、喜怒哀楽が全く読めず、動きもどこか危なっかしく感じられ、次の瞬間にでも消えてしまいそうだった。漆黒の双瞳（そうどう）だけが幽（かす）かに藍色の光沢を帯び、月の映った夜の湖を想起させた。十数年後になっても丹辰は時折彼女の夢に出てくるが、顔のディテールの大半は既に薄れていても、その双眸（そうぼう）だけが鮮明に浮かんでくる。

初めてその瞳を見た瞬間から、彼女は丹辰に惹かれていたに違いない。恋愛という言葉の最も通俗的な意味すらまだ習得していなかった彼女は、自分の胸裏に蠢（うごめ）く感情の漣（さざなみ）こそ、童話の世界で描かれる姫と王子の間のそれの類だと直感的に認識した。

（1）注音符号　台湾で使われる、漢字の発音を表す記号。

彼女はずっとこっそり丹辰を見ていたが、遂に一度も会話したことが無かった。

一年後の秋、五年生に上がった始業式の日に、担任の先生は丹辰の死を告げた。夏休みに母親のバイクの後部座席に乗せられてピアノ教室に通う途中、砕石を載せたダンプカーに撥ねられたそうだ。先生はクラス全員に三分間黙禱するよう指示した。クラスが静寂に包まれる間、彼女は思考を巡らせていた。死んだ丹辰はどこへ行ったのだろうか。屍体はまだ残っているのだろうか。安らかな永眠に就いた丹辰の儚く蒼白な顔を、彼女は想像した。

数日後、担任はクラス全員を連れて病院にお線香を上げに行った。霊安室の前の廊下の片隅に、丹辰の白黒の遺影が懸かっていた。打ち沈んだ空気の中で、生徒達は整然と二列に並び、担任が代表してお線香を上げた。彼女は丹辰の遺影を見上げた。柔らかくもどこか物哀しげな笑みを浮かべる丹辰がそこにあり、彼女を見つめ返していた。美しい。彼女は心の底で溜息を漏らした。

「もう一度丹辰に会えたら良いな」

放課後、同級生の女子数人が集まってそんな話をしていた。彼女も会話の輪に加わった。

「そうだね。屍体でも良いから、会いたい」

同級生の睨み付けるような視線から、彼女は自分の失言に気付いた。後で考えれば、それは極めて不謹慎な発言だったが、あの時の彼女は至って真面目だった。死にまつわる言の葉を忌避するほど彼女はまだ成長していなかったし、ダンプカーに撥ねられた屍体がどんな様相を呈するかということもまた、想像の及ぶ範疇を超えていた。生きているか死んでいるか関係なく、彼女はただ、丹辰が美しくて仕方なかったのだ。

その日を境目に、丹辰に関する記憶は凍り付き、二度と更新されることが無かった。丹辰の時間は再び流れることは無いだろう。しかし彼女の時間は否応無しに流れ続けた。

夢を見た。それは夢だと彼女は即座に理解した。夢の中で、丹辰は穏やかな、だけど儚げな微笑みを口元に浮かべながら、憂いを帯びた双眸で彼女を射貫くように見つめていた。ああ、哀しんでいるのだ。彼女は思った。しかし、誰が？　彼女には分からなかった。彼女が丹辰の哀しみを感じ取ったのか、それとも彼女自身が哀しんでいるのか。ふと丹辰が遠ざかっていくことに気付いた。いや、違う。丹辰が遠ざかっているのではない。彼女が遠ざかっているのだ。彼女も丹辰も川の中に立っていた。しかし彼女だけが川の奔流に押し流され、丹辰から離れていった。丹辰はただ静かに佇み、狼狽える彼女を見ていただけだった。

強い揺れと轟音で起こされた時、天も地も揺さぶられていた。丹辰の姿は消えた。窓の外はまだ真っ暗で、常夜灯の薄明かりだけが周りの闇と拮抗していた。壁に懸かっていた額付き絵画が床に落ちていた。木製の本棚も倒れ、偉人伝や世界文学全集が床に散らばっていた。ガラスの割れた音。遠くで誰かが悲鳴を上げた。隣人の騒音。救急車のサイレン。このまま世界が終わってくれればどんなに良いだろう、と彼女は朦朧とした意識の中で思った。やがて常夜灯も消え、彼女は再び目を閉じた。目元に潤いを感じた。丹辰の顔が再び暗闇に浮かんだ。

再度目を覚ました時、彼女は父におんぶされていた。母は二歳の弟を抱きかかえていた。そこは家の外だった。まだ夜中みたい。薄汚い黄色の街灯を頼りに、人々のシルエットが視認できた。騒めきはいつまで経っても収まろうとしない。子供の泣き声が聞こえた。男の子。女の子。ラジオのノイズ。彼女は夜空を見上げた。柔らかな光を放つ月が、少し欠けていた。

彼女は思った。ああ、もう丹辰には永遠に会えないのだ。

03

「小恵(シャウフェー)はそれで気付いたの？　自分は女しか好きになれないと」

丹辰のエピソードとあの大地震のことをしょちゃんに話したら、そう訊かれた。

新宿二丁目のリリスというバーで、彼女はしょちゃんと飲んでいた。「小恵」は彼女がセクシュアル・マイノリティの世界で使っている中国語のハンドルネームで、日本語のハンドルネームは「リエ」だった。

「女しか好きになれない、ではなく、女が好きなの」

と、彼女は訂正した。

しょちゃんは本名が李書柔(リーシューロー)で、「書」は日本語で「しょ」と読むことから、日本ではしょちゃんと呼ばれている。中国語では小書(シャウシュー)と呼ばれたりもするが、「おじさん」の意味の「小叔(シャウシュー)」と発音が似ているから、本人はあまりそれを広めたくないらしい。しょちゃんは彼女と同い年の台湾人だが、大学を卒業してすぐ来日した彼女と違い、しょちゃんは一旦台湾で就職し、日本に来たのは去年だった。今は日本語学校に通いながら、就職活動をしている。しょちゃんが来日したての頃に台湾のレズビアン掲示板で立てた「東京にいる圏内人募集！」というスレッドが、二人が知り合うきっかけになった。

「大して違わないじゃん」

「違う。『しか』という能動性の欠如した表現を使わないでほしいな」

「細かいな、あんた」

と、しょちゃんは笑いながら言って、金色のビールの入ったグラスを口元に近付け、一口啜った。「日本人っぽい」

「『細かい』ではなく『こだわり』と言ってほしいな」

彼女は笑い返した。

くよくよして物事を深く考え過ぎがちな彼女とは違い、しょちゃんはいつものんびりしていて、大雑把な性格の持ち主だ。若干ルーズなところもあり、時にイライラしたり冷や汗をかいたりすることもあるが、一緒にいてとても気が楽だった。

金曜の二丁目はよく賑わう。加えて、九月の終わりは東京の一番気持ち良い季節だ。

盛暑が去ったばかりで、夏のような湿っぽさも、冬のような肌を切り刻む寒風も無い。夜十一時、重低音の利いたクラブミュージックがあちこちの店から響いてくる。道路には数組の同性カップルが肩を並べて歩いており、人気店の外には長蛇の列ができていた。

リリスの店内もまたノリの良い音楽が流れており、三十平米にも満たない狭い空間に二、三十人も入っていた。年齢も二十代から四十代までと幅広い。日本人が多いが、中には彼女としょちゃんのように中国語を話す人や、英語を操る白人女性も散見される。一応ウーマンオンリーのレズビアンバーではあるが、男か女か見た目からでは判断がつかない人も沢山いた。一人、大学生と思(おぼ)しきロングストレートの黒髪の女の子が店内のカラオケ機器に歌を入れた。流れていた洋楽が消え、代わりに松たか子が吹き替えした「ありのままで」の前奏が静かに流れ出した。

「そう言うあんたこそ、なんで日本に来ようと思ったの？」

日本人から何度も訊かれたこの質問を、彼女はしょちゃんにぶつけた。前から訊きたかったのだ。近年ＬＧＢＴが注目を集め始めたと言っても、日本の「同志砂漠(セクマイの砂漠)」という悪名は未だに名高い。それに、来日して一年半経つ今でも、しょちゃんはどうも日本に馴染めない様子で、日本人は頭が固いとか、細かいところに無意味にこだわり過ぎだとか、行動が画一的で個性が無いとか、しばしば日本に関する愚痴をこぼしていた。

「あまり深く考えてなくて、友達に誘われたから来ちゃったんだよね」

「んなわけあるか。ちゃんと答えてよ」

しょちゃんは自分のことについて真面目に話すような性格ではないから、きっと誤魔化してくるだろうという彼女の予測が当たった。やっぱり誤魔化しが効かないか、というニュアンスの溜息を吐いて、しょちゃんは暫く考え込んでから答えた。

「実際に働いてみれば分かるんだけど、台湾ではまるで夢が見えない。見られないんだよ。毎日のようにバイクの群れに混じって仕事に行って、へとへとになるまで働いて、それでいて辛うじて飢え死にしない程度の給料をもらって何とか生活を繫いで……」

しょちゃんはビールを一口啜った。彼女もカルーアミルクのグラスを唇に近付けた。ちょうどその時、女子大生の「ありのままで」はサビのところまで進んでいた。しょちゃんは話を続けた。

「今でも台北の空を思い浮かべると、決まってあのどんよりした灰色の曇り空が目に浮かぶ。ある日の通勤路で、信号を待っている間、ふと空を見上げて、思ったんだ。こんな空を、あと二、三十年も見続けなければならないのか、とね」

　そう語るしょちゃんの目には、決して変わらない未来への恐怖と、変化のきっかけは自分で創ろうという積極性が共存しているように見えた。

「ちょうど道端に吉野家があったんでね、それを見て思ったんだ。そうだ、日本に行こうか、と。その時付き合っていた彼女に話したら、勿論大暴れさ。別れたくないと泣きながらしがみ付かれた。お金も無いし、日本語もできないでしょ、と考え直すように説得されたりもした。でも駄目だったな。あの島を出ていきたいという願いが心に根差したみたいだ。それで彼女と別れ、仕事を辞め、両親に借金をして出てきた。で、このざまだ」

　苦笑しながらしょちゃんはビールを飲み干し、お代わりを頼んだ。彼女もカシスオレンジを注文した。しょちゃんの決意は見方によれば猪突猛進とも捉えられるが、そこには他者の干渉が介在する余地の無い、しょちゃん自身の自由意志が存在しているように見えた。彼女はそれが羨ましかった。彼女も様々なことを自分で決めてきたが、それは自由意志というより、その都度の成り行きに順応しながら導き出した最適解に過ぎない。言うなれば、得体の知れない何かに手繰られる傀儡のようなものだ。

「ありのままで」が終わり、店内に拍手が湧き上がった。しょちゃんはリモコンを取り、台湾の音楽ユニット・F.I.R.の曲「刺鳥(茨の鳥)」を予約した。店内はほとんど日本人にもかかわらず、浮くのを恐れず敢えて中国語の曲を入れるのがしょちゃんのすごいところだ。

前奏が流れ出すと、店内の空気が一気に冷めたが、しょちゃんは他人の反応に脇目も振らず、楽しそうに歌い出した。彼女は静かに聞いていた。

　茨の鳥の宿命のように
　悲劇的でありながら果敢に
　命と引き換えに煌(きら)びやかな結末を咲かせよう

04

九二一大震災は台湾を揺るがすと同時に、彼女の魂の一部を持ち去った。
目を閉じると、丹辰の顔が静かに甦る。夢に沈むと、丹辰の微笑みが幽かに浮かぶ。

道端に咲いている白い花を目にした時にさえ、丹辰の甘い香りがする。それは死の香り。亡き者の面影。そうと分かっていても、彼女は記憶に懸命に縋り付こうとした。それができるうちは、空はまだ青くいられるし、世界はまだ鮮やかに感じられた。

しかし、東北季節風が強まるにつれ、記憶も次第に薄れていく。丹辰の顔が脳裏に浮かんでも、今やぼんやりとした輪郭にしか見えない。あの憂いを帯びた漆黒の双眸以外、全てが曖昧な色合いの粉塵となり、風が吹くと何処かへと消えていきそうで危なっかしく感じられた。更に日が経つと粉塵も色彩が消え、淡い灰色の煙となり果てた。万物から色が凋落し、空はグレースケールに塗り替えられた。

いつからか、彼女は日常茶飯のように泣くようになった。それは読んで字の如く、茶飯の時に何の予兆も無く涙が零れることもあった。宿題と勉強は全く手に付かず、定期テストの成績はクラスのトップから急激に落ちた。初潮が訪れてからは、丹辰が血塗れの死体となり夢に出てきて、悲鳴を上げながら覚めたこともしばしば。留守番の時に、発作的に赤のカラーペンで壁を塗りたくったり、ボーイスカウト用の白いロープで首を絞めたりすることもあった。彼女の異常行動に気付いた両親は慌てて各方面に助けを求めた。初めは地震のショックで魂魄が抜けたかと思い、お寺に連れて行って収驚[2]してもらったり、お寺からもらった符水(フーズイ)[3]を飲ませたりしたが、一向に効果が無かったから、今度は西洋医学の力を借りようと、児童精神科に連れて行ってカウンセリングを受けさせた。

しかしそのカウンセリンググルームでさえ、彼女に霊安室の白を連想させたし、二週間に一回のカウンセリングも彼女にとって苦痛だった。どうせ彼等は分かってくれやしない。彼女も何も言えない。丹辰に恋をした、けれどその丹辰はもういない、そんなことがどうして言えるだろうか。カウンセラーの先生が彼女の心に踏み込もうとし、異常行動の原因を探ろうとしていたが、いつも見当違いの質問をしてくるのが彼女にとっては滑稽だった。両親が提供した「震災の後からこうなった」という証言が先生をミスリードしたのか、先生もまた、地震の恐怖体験が原因だと思い込んでいたみたいだ。

誰一人、丹辰に思い当たる人はいなかった。そもそも本気で彼女を心配する人は少なかった。彼女は元々目立たない存在で、授業の合間の休憩時間でもいつも席で本を読んでいて、同級生と一緒に遊ぼうとしないし、登校も下校もいつも一人だった。いじめに遭わなかったのは、いじめの対象にすらならないほど存在感が無かったからではないか、と彼女は時々思っていた。

新世紀に入ってから時間は誰かに早送りコマンドを入れられたかのように、ほとんど何も記憶に残らないまま、二年間があっという間に流れた。彼女は最下位の成績で卒業した。卒業式には出なかったが、それでも君は卒業しなければならないのだとでも言うように、卒業アルバムはちゃんと郵便で家に届いた。七月のある午後、照り付ける烈日の下で蟬時雨（せみしぐれ）が響き渡る中、彼女は退屈凌ぎに卒業アルバムを手に取った。厚いマット紙で百頁超えのアルバムに、彼女のクラスに割かれたのは僅（わず）か六頁で、全体集合写真と個人写真を除くと、彼女が写っている写真はたった一枚だった。写真には顔が分かっていても名前が思い出せない人が大半で、とても三年間もいたクラスとは思えない。

ふとある写真に目を引き付けられた。写真には丹辰と他の三人のクラスメートが写っていた。教室の中で、丹辰はオルガンの椅子に座り、他の三人が丹辰を囲んで立っていた。

（2）収驚　お祓い。台湾の民間信仰では抜け出した魂魄を呼び戻せると信じられている。
（3）符水　呪文の書かれたお札を燃やして水に溶かしたもの。病を治し、邪気を祓う効果があると信じられている。

た。四人とも彼女を見ている。カメラ目線だからというだけではなく、当時の彼等もまた彼女を見ていた。その写真を撮ったのは彼女だったのだ。

それは四年生の音楽の時間だった。丹辰がピアノを弾けるのを知った先生が、一曲演奏してみたら？　とリクエストした。ピアノが無いからオルガンで代用したが、それでも丹辰は見事な腕を見せ、クラス中を（少なくとも彼女を）魅了した。休憩時間に、偶々（たまたま）カメラを持っていた誰かが、記念に一緒に写真を撮りたい、と丹辰に申し出たら、他の二人もそれに乗った形で、四人で写真を撮ることになった。撮影の役目はオルガンに一番近い席に座っていた彼女に押し付けられた。

あの時丹辰が弾いた曲はたしか、モーツァルトの「レクイエム」だった。モーツァルト伝で読んだ記憶がある。「レクイエム」はモーツァルトが世を去る直前に謎の男性に依頼されて創った未完の曲だったことから、実はモーツァルトの死を予見した死神がモーツァルト自身のために創らせた曲ではないか、という伝説も流れていた。

何故丹辰はこの曲を弾くことにしたのだろうか？　ことによると、丹辰もまた、何か不吉な予兆を冥々の裡（うち）に感じ取ったのではないだろうか？

写真を見ていると、突如雫（しずく）が頬を伝って流れ落ちるのを感じた。またか。彼女は心の中で呟きながら、涙を拭い取ろうとした。このどうしようもない病気——そう思った矢先に、何かいつもと違う衝動を覚えた。抑え切れない感情の荒波が心の底から湧き上がり、忽ち彼女の精神を乗っ取った。彼女は泣いた。いつもの啜り泣きとは異なる号泣だった。顔をベッドに埋めて、止め処なく溢れ出た涙がシーツを濡らしていくのも構わずに。

「レクイエム」がモーツァルトの自分への冥途の餞だとしたら、丹辰は手向けとして何を持っていったのだろうか。丹辰は事故で即死したと聞いているから、きっとそんな余裕も無かったのだろう。泣きながら、彼女はそんなことを考えた。丹辰のために何かを創り、捧げたい。楽器ができないから楽曲は無理。だとしたら、言葉だ。

一時間くらい経っただろうか。ひょっとしたら二時間かもしれない。泣き止んだ彼女は立ち上がり、勉強机の前に座り、原稿用紙と鉛筆を取り出した。そして書いた。丹辰への想いと、丹辰の死について、詩を書いた。

そしていつか私は思い出す——

始まる前に終わってしまった物語を

於是有天我會想起，想起那：

在開始前便已結束的故事

未曾碰觸便已失溫的側臉
不及掬起便已流乾的血液
大河奔向海洋，群鳥回歸山林
流光殞墜，餘下一縷鎮魂的琴音

触れることなく温もりを失ってしまった横顔を
掬（すく）い上げそびれて涸（か）れてしまった血液を
川が海へ駆け、鳥の群れが森へ急ぐように、
光は流れ墜（お）ち、微かな鎮魂の旋律を残していったことを

いつの間にか日が暮れていて、蟬の鳴き声がすっかり収まり、部屋は静けさに包まれた。血の色をした夕陽が窓から射し込み、彼女の影を床に長く長く落とした。漆黒の影。丹辰の瞳と髪も同じ色だった。そうか、生きていくためにはこの色を見つめていなければならないのだ、と彼女は思った。

死について書くことで、彼女は生き延びた。

05

もし丹辰に恋をしていなければ、文章を書くことも無かっただろう。文学に縁が無ければ、邱妙津（きゅうみょうしん）に触れることも無かっただろう。そうすれば、邱妙津の愛読していた村上春樹や太宰治を介し、日本語に興味を持つことも無ければ、日本に渡って生活することも無かったかもしれない。そう考えると、今ここにいる自分も偶然の産物でしかないと思えてならなかった。

しかし偶然でも、彼女は曾（かつ）て邱妙津が一度訪れた東京に来ている。邱妙津の本に出会ったのは中学生の頃だったが、気付いたら彼女が自ら命を閉じた二十六歳という峠をも越えていた。一九九五年のパリで、冷たいナイフを心臓に垂直に突き刺し、血の花を咲かせる直前まで、彼女は東京にいる親友・頼香吟（らいこうぎん）と電話していたそうだ。遺稿の整理と出版を頼んだ後に電話が切れた。電話と共に切れたのは邱妙津の命の糸だった。銀色に輝く蜘蛛の糸が、ポツリと。

息苦しいほどの自己壊滅的な絶望をぶちまけた作品群とは対照的に、人前での邱妙津は常にスターのように振る舞い、周りの人から元気の源だと思われていたらしい。心理学を専攻し、カウンセラーとして活動していたくらいだった。「こんなにも他人に、世界に多くを与えられるのに、少しでも今より苦しまずに生きることすら叶わない自分自身が不憫で仕方が無い」——辞世の作『蒙馬特遺書（モンマルトルの遺書）』で、邱妙津はそう書いた。「遺書」と言っても、本来は辞世の作にするつもりは無かったらしい。頼香吟が邱妙津を死の淵から救い出そうとしたし、邱妙津自身も死について書くことで、生き延びようと努力した。ただ、藻掻（もが）いた揚句（あげく）、その努力があっけなくも失敗したのだ。その結末は偶然なのか必然なのか、誰にも分からない。

二十七歳を迎えた一か月後、朔風が吹き荒ぶ二月の土曜日。彼女は表参道で開催されるレズビアン向けのクラブイベントに参加した。痛みを麻痺させるために、彼女は大音量の音楽と、アルコールと、形振（なり）り構わず踊り狂える空間を欲していた。

しょちゃんも一緒だった。同行者は他にソフィアという台湾人と、アキという日本人がいた。どちらもハンドルネームだ。夜十一時半、道路を走る車の数はかなり減ったし、三々五々散見される歩行者もまた大抵は駅に向かっていたが、クラブ会場の外では既に入場待ちの長蛇の列ができていた。

列は緩やかに進んではいるが、三十分経っても会場の入口が見えない。凜冽な空気に三十分も晒されては、服に貼っておいたカイロも効かなくなる。彼女だけでなく、しょちゃんやソフィア、アキも寒さに堪え切れない様子で、小刻みに震えていた。そこのコンビニで何かあったかい物でも買ってこようか？　と彼女が街道の向かい側にあるファミリーマートを指さして申し出ると、ホットコーヒーお願い、とか、じゃ私はホットココアで、とか、あとカイロも買ってきてちょうだい、貼らないやつで、とか、様々な要望が返ってきた。

彼女は列を離れ、道路を渡ってコンビニに入った。リクエストの品を一通り揃えてレジに向かおうとした時、

「紀恵ちゃん？」

と、背後から呼び止められた。振り返ると、絵梨香と岡部がそこにいた。

同期の絵梨香はともかく、先輩の岡部も一緒にいるという眼前の事態に、彼女は一瞬混乱した。それでも、二人の繋いでいる手を見ると、彼女は瞬時に事情を把握し、

「お、絵梨香ちゃん！　奇遇だね。何でこんな所に？　あ、岡部さん、こんばんは」

と、しれっとした顔で挨拶した。岡部は彼女と同じ部署の先輩で、絵梨香は部署こそ違うものの同じ部門だし、席も同じフロアだから、二人が一緒になっても別に不思議なことではない。

「今、武とご飯を食べてきたんだけど……」

絵梨香は頰を染めながら答えた。そして自分が同期の前で、同期の先輩を下の名前で呼び捨てにしたことに気付いたらしく、「あ、岡部さん、だけど……」と、更に居た堪れない様子になった。

「紀恵ちゃんこそ、なんでこんな時間にこんな所で？　近くに住んでるの？」

と、絵梨香は訊き返した。

「まさか、表参道に住めるほど私はお金持ちじゃないよ。ちょうど台湾人の友達と近くで飲んでるだけ。オールで飲む予定だからちょっと買い出しに」

と、彼女は本当のことも言わなければ、嘘も吐いていない形で答えた。

「流石紀恵ちゃん、インターナショナルだね」

と、絵梨香は言った。何故台湾の友達と飲みに行くと「インターナショナル」なのか、何故「インターナショナル」を褒め言葉のように使っているのか、彼女には分からない。

否定も肯定もせず、彼女は他愛のない話で流した。早く暖かくならないかな、とか、年始の連休はどこに旅行したか、とか、最近仕事が捗（はかど）らないね、とか。岡部は台湾の大統領選について訊いてきたから、彼女は国民党と民進党の歴史や、国民党が若年層の支持を失い、選挙で失脚することに至った経緯を軽く説明した。親中派でない民進党が政権を執ることで日台の連帯が更に強化する見込みだが、中国の影響力もやはり無視できない、などと如何にもグローバル人材っぽい話もした。

十分間くらい立ち話をして、絵梨香と岡部は店を出た。店を出る前に、絵梨香はどことなく憧れを含んだ微笑みを浮かべ、

「私、時々思うの。紀恵ちゃんがちょっと羨ましいかなって。いつも元気で、自信があって」

と言った。そして、あ、私と岡部さんのことはまだ誰にも言ってないから会社では内緒ね、と付け加えた。

岡部と手を繋いで足を引き摺りながら遠ざかる絵梨香の背中を、彼女は見ていた。二人は道端に止まっていた銀色の自動車に乗り込み、車は走り出した。

絵梨香は、彼女が羨ましい、と言った。その言葉が脳裏で木霊する度に胸苦しく感じた。胸の底からこみ上げてくる遣る瀬無さを噛み締める。クラブイベントで気持ちを麻痺させようとしても、心は穴が開いたままのようだ。その穴を風がヒューヒューと吹き抜ける音が聞こえる。記憶の水底に埋葬しようとしても、その影はいつまでもどこまでも追い掛けてくる。

絵梨香は彼女が羨ましいと言ったが、そんな絵梨香を、寧ろ彼女は羨ましいと思った。絵梨香は彼女について何も知らない。彼女の過去やセクシュアリティは勿論、一か月前、彼女が薫に汚物を見るような眼差しで睨み付けられ、こっ酷く振られたことも、絵梨香は知らないのだ。

06

初めて好きな人と付き合ったのは、高校だった。

小学校をあまりにも酷い成績で卒業したこともあり、彼女の精神状態を案じた両親は、彼女を都市部の進学校ではなく、家の近くにある地域の中学校に入れた。

田舎の中学校は知名度を上げるために、学校としての業績、つまり名門高校に進学する生徒数を増やす必要がある。試験の点数を上げるために、とことん非人道的な方法を採用していた。一年生のうちから朝七時登校、午後五時半下校、二年生になると土日も学校に行かなければならず、三年生ともなれば夜も九時半まで学校で自習させられる。部活も無ければ修学旅行も無い。勿論恋愛禁止。時間割に音楽、家庭、美術、学活と表記される時間は全て国語、英語、数学、理科に充てられる。体罰や恫喝・罵倒は毎日のように行われ、テストの点数が悪いと（「悪い」の定義は概ね、百点満点中九十点に至らないことを言う）鞭で掌を叩かれる。そうやって名門高校に進学する生徒を無理矢理にでも作り出し、合格発表日に「祝！　〇〇高校合格者〇〇人」という巨大な広告を校門の横に出すのだ。名門高校合格者は一時的には名前を覚えられ、ちやほやされるが、すぐに忘れ去られてしまう。「缶詰工場」とよく喩えられる教育制度の中で、彼女達は受験用の付け焼き刃の知識をたっぷりと詰め込んだ均質的な缶詰であり、業績を上げるための使い捨て道具でもあった。

そんな環境でも、彼女は小学校高学年の頃より遥かに健康的だった。文学作品を書き始めてから、それまでの症状が段々と癒え、半年後にはカウンセリングに行かなくても良くなった。元々勉強はできる方で、成績もすぐトップクラスに戻り、お蔭で文学創作に時間を割いても特に文句を言われなかった。最初は死をテーマにした短い詩しか書けなかったが、次第に他のテーマやジャンルにも手を付けるようになった。青少年向けの文芸誌に投稿して、掲載されたこともあった。

それでも孤独だった彼女は、孤独こそが文学の必要条件だと思うことにした。ちゃんとした原稿用紙にしろ、教科書の一角にしろ、作品を書き始めると耳にフィルターをかけられたかのように、周りの喧騒が遠くの山彦のようにしか聞こえなくなる。元々彼女に話し掛けようとする人はいないし、彼女も人に話し掛けるのが億劫だった。これくらいの孤独と疎外が彼女にはちょうど気持ち良かったし、三毛、邱妙津、芥川龍之介、太宰治、三島由紀夫の作品にも同質の孤独を感じた。これらの作家が全て自らの意志で命を閉じたことを知ったのは後のことだったが、それ以来、より一層作品世界にのめり込むようになった。中でも邱妙津を耽溺するほどに愛読した。邱妙津がきっかけで村上春樹にも手を付けた。翻訳がどうも腑に落ちないから原文で読みたくなり、それで日本語にも手を出してみた。勉強と文学以外の生活はほぼ無いし、セクシュアリティは依然として誰にも打ち明けずにいたが、さしたる災難も無く、優秀な成績で台中（たいちゅう）市にある名門女子校・台中女中（タイジョンニュージョン）に入学した。それに伴い、初めて親元を離れ、都市で一人暮らしを始めた。

あの緑に満ちる学び舎（や）[4]で、彼女は楊皓雪（ヤンハウシュエ）と出会った。秘めやかな知性の光を纏い、喜びとも怒りとも付かない穏やかな表情が印象的な女の子だった。

皓雪とは部活で知り合った。編集部という、学生雑誌を作る部活で、校内文学賞を主催したり、取材して記事を書いたりするのが活動内容だった。本当は最初は皓雪が少し苦手だった。身長が高くて威圧感があるし、顔も綺麗な方で取っ付きにくそうだし、おまけに表情から感情が読めないところを、彼女はいつも歯痒く感じた。それもあって、一年生のうちはほとんど接点が無く、一緒に作業していても事務的な会話しかしなかった。

（4）緑に満ちる学び舎　台中女中は緑色の制服で有名で、「緑苑」という別名を持っている。

それは二年生の十二月、運動会の日だった。文理選択による九月のクラス替えの後、新しいクラスに馴染めず、運動会にもさほど興味の無い彼女は、一人でこっそり歓声と拍手の音で賑わうグラウンドを抜け出し、図書館に入った。

皓雪は閲覧室にいた。窓辺の席に座っていて、俯きながら静かに本を読んでいた。柔らかな冬の午後の陽射しが窓の外から降り注ぎ、皓雪を金色に染め上げていた。周りには誰もおらず、皓雪だけが一人ポツンと、世界から孤絶したように存在していた。宙に浮遊する埃（ほこり）の微粒子は太陽に照らされ、光の粉のように見えた。まるで絵画のような景色だと、彼女は思った。

何を読んでいるか知りたくて、彼女は皓雪の方へ歩いた。この荘厳さを打ち破らないように、一歩一歩、静かに。彼女が本の題名を読み取ったのとほぼ同時に、皓雪も彼女に気付き、顔を上げた。視線が合った。

数秒間の沈黙が流れ、その沈黙を皓雪が破った。

「噢，你也在這裡嗎？（あら、あなたもここにいたのね）」

彼女は心が痛んだ。彼女は、私を見ている。そう悟ったのだ。

それは張愛玲（ちょうあいれい）の小説の名台詞だった。「愛」という、三百字程度の超短編だが、不思議なほどに切ない作品だった。彼女が最近張愛玲を読んでいること、そして「愛」が非常に気に入っているということを、目の前の女の子は知っているのだ。

彼女は静かに答えた。

「我祝福您幸福健康(あなたが幸福で健康でありますように)(5)」

皓雪が読んでいるのは、邱妙津の『モンマルトルの遺書』だったのだ。

皓雪は彼女を暫く見つめてから、にこりと笑った。凍結した空間の中で、彼女達は分かり合っていた。

それ以来、彼女は楊皓雪のことを小雪(シャウシュエ)と呼ぶようになった。彼女だけの呼び名だ。彼女は小雪とクラスが違うが、休憩時間になると小雪は彼女の教室にやってくる。クラスメートは一緒にいる彼女達を見かけても、特に珍しがったり騒いだりしなかった。女子校ではそういうことは公然の秘密だ。誰と誰が付き合っているとか、トイレの中でキスしたとか、そういった情報は一応秘密の体にはなっているが、誰でも少しは把握して

(5) 我祝福您幸福健康　『モンマルトルの遺書』締めの一文。

いた。

「拉子(ラーツ)の時代から、随分経ったものだね」

ある時、小雪が彼女にそう言った。

「うん、時間は色んなものを変えていくの」彼女が答えた。

ひょっとしたら、自分は幸運なのかもしれないと、彼女は思った。邱妙津を苦しめた九〇年代ではなく、新世紀に青春時代を過ごすことができるのだから。「拉子」は邱妙津の小説『鱷魚手記(ある鰐の手記)』の主人公であり、同性への愛欲で苦しむ邱妙津自身の化身でもある。邱妙津の死後、『ある鰐(わに)の手記』はベストセラーとなり、「拉子」は台湾ではレズビアンの代名詞となった。

邱妙津は二人の間でよく話題に上がる。ある日、小雪が急に思い出したように、彼女に訊いた。

「そう言えば、迎梅は邱妙津と同じ出身地だね」

邱妙津も彼女と同じ彰化出身だった。それに対し、小雪は台中生まれ台中育ちで、今でも実家に住んでいる。小雪の両親にばれるのが怖いから、彼女は一度も小雪の実家に行ったことが無い。デートは一中街(イージョンジエー)の繁華街か、美術館、科学博物館などに行くこともあるが、彼女の借りている部屋でのんびり過ごすことが多い。十五平米くらいの狭い部屋で、シャワーもトイレも共用だった。薄汚れた簡易ワードローブが一棹、ボロボロのシングルベッドが一台、更に亀裂の入った古い木のデスクとチェアが一セット、最初から部屋に備え付けられていた。窓は主要道路に面しており、交通ラッシュ時にクラクションの音が煩いだけでなく、車がよく通るため塵も積もりやすい。そんな環境でも、彼女と小雪は共に過ごす時間を楽しんでいた。好きな詩を朗読し合ったり、互いの書いた小説を読み合い、意見を交換したり、あるいは何の目的も無く、ただ単に終着地の無い雑談に耽ったりした。

「そうよ。そして邱妙津と同じ、二十六歳で死んじゃうかもしれない」

彼女は答えた。

「本気で死のうとするなら止めないよ」

「私が死んでもいいの？」

「よくないけど、それが迎悔の望みだったら、私の一存で止めようと思うことこそ傲慢でしょ」

「悲しんでくれるの？」

「ついていくよ」

「それは困る。小雪が死んじゃうの嫌」

「嫌ならちゃんと生きて。七十歳まで一緒に生きよう。七十歳になったら、世界で一番見渡しの良い崖を見つけて、一緒に飛び降りよう」

「七十歳のお婆さんはそんな高い崖に登れないでしょ？」

彼女はツッコミを入れてみたが、心中満更でもなかった。今は十七歳。小雪と一緒なら、七十歳まで生きていても悪くなさそうだ。世間がどうだとか、結婚制度がどうだとか、現実的なことが一切心の明鏡を掠めることなく、彼女はただ漠然とそんなことを考えていた。

「でも、どうせ死ぬなら、一花咲かせてから死にたくない？　茨の鳥のように」

「茨の鳥？」

「あら、知らないの？」

小雪は意外そうな顔で言った。「てっきり迎梅なら知ってると思ってた。茨の鳥の伝説」

「なんでそう思うの？」

「だって、迎梅の小説は常に死の影に覆われているというか、死のイメージが常に作品の根底にあるように感じるの。死ぬことによって救われるような作品もあるでしょ？」

彼女の作品について語る小雪は、とても真剣に見えた。何もかも見透かされているような気がして、少し恥ずかしい。そんな彼女の反応を待たずに、小雪は続けた。

「それに、邱妙津は正に茨の鳥のような人生を送ったと思わない？」

「だから、その茨の鳥の伝説とは何なのか教えてよ」

「まあ、私が知ったのもF．I．R．の新しいアルバムがきっかけだけどね」

小雪が携帯を取り出し、安いスピーカーに繋げると、音楽が悠々と流れ出た。どこかエキゾチックで、見たことの無い遠い国の風景を想起させるような旋律だった。あるいは蒼穹の下で広がる果てしなき黄土の砂漠、あるいはどことなく翳りを帯びた荒廃した聖堂。

「茨の鳥という伝説の鳥は、一生に一度しか歌わないらしい。この鳥は巣立った日から、鋭く尖った棘の生えた樹を探して飛び回る。やっと見つけたその樹に、鳥は最も長く鋭く尖っている棘をめがけて飛んでいき、棘に刺し貫かれて死ぬんだけど、死ぬ前に一度だけ、その苦痛を超越した美しい歌を歌うの。その歌声は世間のあらゆる声よりも美しく、神でさえ耳を傾けずにはいられない。そういう伝説」

「命と引き換えに、世界で最も美しい歌を歌うのね」

その伝説は初耳だった。確かに、最も美しい何かを生み出せるなら、命を捧げても良いかもしれない。そして、自分自身の苦痛を創作の養分に変え、後世に多大な影響を与える『ある鰐の手記』と『モンマルトルの遺書』を残して世を去った邱妙津は、茨の鳥そのもののようにも思える。

そんな感想を述べると、小雪は頷いた。

「彼女の作品が彼女の死に意味を与えたと言えるかもね。もしそれも無くて、ただ死んでしまったら、何だか寂しいと思わない？」

彼女は丹辰を思い出した。だとすると、丹辰の死にどんな意味があったのだろうか。

脳裏を過ったその疑問を口にすることなく、彼女は小雪に答えた。

「じゃ、意味を見つけるまでは死んじゃいけないね。二人とも」

それを聞いて、小雪は顔を綻ばせた。窓の外の空は、夕焼けで赤とも紫とも付かない幻想的な色に染まっていた。

「約束だね」

小雪は彼女に近付き、両手をきつく握り締めた。どちらからともなく、二人は目を瞑り、そっと唇を合わせた。甘い香りがした。春に咲き誇る百花を想起させるような、生のエネルギーに満ちた香り。これほど生の実感を噛み締めることは、彼女はそれまで一度でもあっただろうか。彼女は思いのまま吸い取った。小雪の香りを。生のエネルギーを。凋れることなく湧き出る命の源泉に、彼女は思考を諦め、ただただ身を任せていた。

07

もしあんなことが起こっていなければ、彼女は小雪と交際を続けていたのだろうか。彼女には分からない。あの時彼女達は若かった。何事にも意味を求めたがるほど、若過ぎたのだ。しかし世の中には何の意味も無く、ただ起こってしまった、そういうことだってある。

例えば、薫に振られたことに意味は無かったし、その痛みを和らげるべくクラブで感情を麻痺させたこともまた、無意味だった。確かにその場では忘却することができた。

アルコールを片手に音楽に合わせて無我夢中に体を揺らしていたら、ふわふわと浮かび上がる気持ちになった。場内を賑わす溢れんばかりの女の子を見ると、たった一人の人間に否定されたって大したことではないと、思うことさえできた。しかし次の日には、陶酔状態から醒めた反動で、何倍も深い絶望に突き落とされた。世界に見放されたかのような恐怖感が心の底から湧き上がり、涙が止め処なく溢れ出た。一度は過去の影から逃げ出せたと思ったが、それが勘違いであることを薫によって突き付けられた。

今日は思い切り沈み込んでもいいが、明日までには気分を晴らせ——絶望に埋没した時でも、彼女の中には絶望に溺れる自分を見下ろすもう一人の理性的な自分が存在した。負の感情に溺死しそうになると、その理性の権化は冷静に話しかけてくる。お蔭で絶望に歯止めが利き、彼女は人前ではまともに振る舞うことができた。

行き場の無い怒りがこみ上げてくる。自分が一体何をしたというのだろう。罪も犯さず、人も侵さず、心の底に蠢く哀しみを悟られぬよう注意深く生きてきた。それなのに何故こんな目に遭わなければならないのか。しかしそれと同時にほっとしてもいた。憤怒を感じられるうちは、まだ生きていられる。生の苦しみはまだ我慢できる範疇を超えていない。いつか、そんな感情さえ悉く純然たる悲哀に変わってしまったら、それこその命の尽きる時だろう。

通常の二倍の量の抗鬱剤を服用してベッドに横になったら、気分がやっと落ち着いた。

翌日、彼女はいつも通り出社した。昼休みに食堂で絵梨香とばったり会った。彼女を見かけた途端、絵梨香は微かに頬を染めた。二人は一緒に食事することにした。

「誰にも言ってないよね？　たけ……岡部さんのこと」

彼女は岡部のことに触れないよう気を配ったが、絵梨香の方から先にその名前が出てきた。

「言わないよ。そんなことを言いふらすような人に見えるの？」

微笑みながら答えてから、敢えて意地悪く質問を追加した。「で、そろそろ白状したら？　いつから付き合ってるの？」

絵梨香は更に頬を染め、照れ隠しに俯いた。

「去年の十月から。まだ四か月だけど、今度のゴールデンウィークに、岡部さんの実家を訪ねることになったの。長野県に」

「ご両親と顔合わせに？」

絵梨香はこれでもかと更に赤くなったが、今度は口元に幸せそうな笑みを浮かべて、静かに頷いた。

「もし上手く行ったら、今度はお盆休みに岡部さんがうちの両親に会いに来るの」

絵梨香は実家が北海道で、今は東京で一人暮らししている。

「じゃ、楽しみだね」

「楽しみだけど……ちょっと不安」

先ほどの幸福感に溢れた微笑みが色褪せ、絵梨香は僅かながら顔を曇らせる。

「岡部さんの実家は農家で、しかも地主だから、価値観がすごく伝統的らしい。岡部さんは三人兄弟の末っ子だけど、上のお兄さんが二人とももう結婚していて、奥さんはどちらも仕事を辞めて、家で農事と家事を手伝っているみたい」

それは彼女にとって新情報だった。岡部とはよく国際情勢や世界経済の話をするのだが、流石に家の事情までは知らなかった。

「結婚も考えてるの？　岡部さんとは」

絵梨香は小さく頷いた。

「それで、結婚をしても仕事を続けたら、後ろ指を指されたり、肩身の狭い思いをするのが怖い？」

絵梨香は「うん」とまた頷いて、話を続けた。

「それに、足のこともあるし、岡部さんの両親が受け入れてくれるかどうか、すごく心配。岡部さんは東大出だし、両親にとっては自慢の息子でしょうね。私じゃ釣り合わないと思われたらどうしよう」

結婚。彼女にとっては無縁の話だが、絵梨香は真剣に悩んでいるらしい。

「絵梨香ちゃんだって頭良いし、実力で今の会社に入ったんだから、とやかく言われる筋合いは無いと思うけどね。そもそも絵梨香ちゃん自身はどう思うの？　仕事は続けたいと思う？」

「思う、けど……」

絵梨香は言いかけて止まった。少し躊躇している様子だった。暫くしてから、

「紀恵ちゃんならどうするの？　結婚して仕事を辞めなさいと言われたら？」

と彼女に問いかけた。

「続けるに決まってるよ。結婚のために仕事を辞めるとか、私には有り得ないね。もう二十一世紀でしょ」

それを聞いて黙り込んだ絵梨香を見て、彼女は言い過ぎたのではないかと心配になっ

た。彼女としては、そもそも結婚できないのだから「有り得ない」と断じるのが当たり前なのだが、悩んでいる絵梨香の気持ちを考えて、もう少し柔らかい言葉を選んだ方が良かったのかもしれない。二人はそのまま黙って食事を続けた。彼女がパスタを食べ終え、烏龍茶の入ったグラスを口に近付けようとする時、

「やっぱり紀恵ちゃんが羨ましい。紀恵ちゃんなら、岡部さんと付き合ってもそんな心配をする必要も無いでしょうね。すごく自信あるし、きっと岡部さんの両親も説得できるし」

と、絵梨香は言った。俯きながら、少し震えた声で、口籠もりがちに。

彼女は目を瞠り、グラスを持った手が空中に止まった。もし彼女の日本語力が狂っていなければ、今の絵梨香の言葉には確かな嫉妬と皮肉が含まれていたはずだ。彼女は脳をフル回転させ、何度も今の言葉を吟味した。自分の理解が間違っていないという確信が持てるまで、数秒間を要した。

それは彼女の盲点だった。絵梨香は根本的な間違いをしているが、それを知る術は絵梨香には無い。絵梨香の目には、彼女もまた普通の女の子に映っているということを、彼女は忘れていた。レズビアンであることをカミングアウトしたら、少しは絵梨香を安

心させることができるだろうか。でも後で会社の中で広まれば面倒だし――そんなふうに思考を巡らせるのと同時に、彼女はまた微かな怒りを覚えた。私のことを何も知らないのに、何故このような負の感情を向けられなければならないのか――様々な思索が交錯するうち、また数秒間経った。沈黙がただ流れた。

「ご馳走様でした」

沈黙を堪えかねたように、絵梨香は立ち上がり、席を離れようとする。

「待って」

と、彼女は絵梨香を止めた。言い訳の一つくらいさせてほしかったのだ。

絵梨香は彼女を見つめた。何か言わなければならない。カミングアウトせずに、絵梨香を安心させる言葉を――

「……ゴールデンウィーク、頑張ってね」

結局それしか言えなかった。

絵梨香は黙ったまま去っていった。

絵梨香にとって、今の言葉を発するのに一生懸命だったに違いない。何故よりにもよって彼女を羨むという不毛極まりないことに、必死になるのか。彼女は急に可笑しくなった。堪え切れず危うく声に出して笑うところだった。それと同時に、悲しさがまたこみ上げてきて、泣きたくなった。

結局笑うことも泣くこともせず、彼女はただ溜息を吐いて、立ち上がった。

絵梨香の気持ちは分からないわけではない。拒絶と、喪失への恐怖。彼女にもそれは痛いほど分かる。人に好意を抱く度に恐怖を感じるし、好意が両想いに発展すればより一層恐怖が増す。いざ勇気を振り絞って恐怖を乗り越えようと行動すると、結局は拒絶と喪失に打ちのめされる。人前ではよく強がっているけれど、彼女だって痛みを感じるし、傷付くことを恐れる。傷付くことを避けるために、今後は容易に行動に移すことも無いだろう。そうして彼女はいつまでも、微かな光も見えない茫漠たる暗闇の中で、独り舞いを続けなければならないのだろう。

――止(よ)そう。これ以上考え続けると、また絶望の淵に溺れてしまう。彼女は仕事に戻った。彼女の部署では三月が一番大きな山場で、今のうちに仕込みをしておかないと来月は大変だ。

「趙さんまだ帰らないの？」

岡部に話しかけられて、彼女はハッとした。いつしか時計は九時を回り、部署では岡部と彼女以外は全員帰宅していた。窓の外で、空は既に真っ暗になり、オフィス街のビルの群れに鏤(ちりば)められた人造の光だけが存在を主張している。岡部も帰り支度が終わったらしく、席から立ち上がった。

「あ、私もそろそろ。お疲れ様です」

と、彼女は答えた。

「俺もワーカホリックだけど、趙さんも頑張り屋だね」

「山羊座の性(さが)でね」

絵梨香の話をしたい衝動を抑え込んで、彼女は冗談半分で返した。

岡部は少し笑って、

「じゃあお先に」

と言って帰った。彼女も仕事を切り上げ、帰宅の支度を始めた。

家に着いたのは十時半過ぎだった。誰もいない家は寂しくもあるが、完全なる静謐の中で完全なる安らぎを味わえる数少ない場所の一つでもある。ドアを開けた瞬間、元々部屋に充満していた暗闇は部屋の外にまで溢れ出てきそうな気がした。その闇の絨毯に身を抛（ほう）り込むのは彼女には心地良かった。世の中の全てが矛盾を孕（はら）んでいる。彼女自身もまた矛盾の塊だ。闇に安心感を覚え、闇に悪夢の影を見出してしまう。

08

もしあの夜に少しでも光があったなら——思い出す度に、彼女はそんな想念に苛まれた。

高三の二月の学測[6]で、彼女は良い成績を取り、個人申請入試[7]で台湾大学日文科[8]に合格したが、小雪は思うほど良い点数が取れず、七月の指考[9]を受けることになった。鳳凰木（ホウオウボク）[10]が燃え盛る季節になっても、死に物狂いで猛勉強を続ける小雪を見ると、彼女は心が痛んだ。

「迎梅と一緒に杜鵑花城（ツツジのしろ）に入るためだよ。応援してね」

と、小雪が笑いながら彼女に言った。台大は春になると杜鵑花（ツツジ）が咲き乱れることから、杜鵑花城とも呼ばれる。

「うん。晴れた日には椰林大道（イェーリンダーダウ）[11]で自転車を走らせ、雨の日には総図書館に引き籠もろう。月が出ていれば酔月湖（ズェーユェーフー）[12]で月見をし、出ていなければ温州街（ウェンジョージェー）[13]で散歩をしよう」

彼女はたしかそんなことを言ったはずだ。潮騒のように雪崩れてくる蟬の声。小雪の笑い声もまた、蟬の声のように澄んでいて耳に心地よく、湿った薫風（くんぷう）に運ばれ晴れ渡る

---

(6) 学測　大学学科能力測験の略。台湾における大学入試の一種で、センター試験に近似する。
(7) 個人申請入試　学測の成績に基づき、大学の各学科が独自に行う入試の一種。面接や筆記試験などを含む。
(8) 台湾大学　台北市に位置する台湾随一の大学。邱妙津、頼香吟の出身大学。略称は「台大」。
(9) 指考　大学入学指定科目考試の略。台湾における大学入試のもう一つの種類。
(10) 鳳凰木　卒業式が行われる六月に開花することから、台湾では卒業の象徴である。
(11) 椰林大道　台大の正門に面している、椰子の樹の並木道。台大のシンボル。
(12) 酔月湖　台大内の池。
(13) 温州街　台大の隣にある道。入り組んだ路地に多くのカフェと本屋が点在する。

空の向こうに溶け込んで消えた。

指考の最終日、彼女は試験会場の外で小雪を待っていた。会場の教室内ではエアコンが効いているが、外はそうも行かない。真夏の曇りの日には烈日が猛威を振るう場こそ無いものの、暗い対流雲が低く空に立ち籠めていて、晴れの日よりも一層蒸し暑い。いっそ雨が降った方が気持ち良いだろうにと、彼女は思った。

試験の最後の教科が終わったのは夕方の頃だった。小雪は受験生の群れの間を縫って、手を振りながら彼女に向かって歩いてきた。この試験の結果によって、彼女と小雪がこれからの四年間一緒になるか離れ離れになるかが決まる。そう思うと、彼女は何だかやりきれない気分になった。それに対して、やっと試験が終わった小雪は、重荷から解放されたような微笑みを浮かべていた。

逢甲夜市（フェンジャーよいち）は台中女中からバスで一時間もかかるから、普段はあまり行かないが、その日は二人とも何となく夜市で食べ歩きしたい気分だったので、行くことにした。帰宅ラッシュのバスは身動きも取れないほど混雑しているが、小雪に手を握られていると彼女は安らぎを感じた。夜市に着いた時にはすっかり夜になっていて、あちこち乱立するネオンの看板が毒々しく光っていた。彼女達は互いの手を繋いで人垣を掻き分けながら、不摂生なB級グルメを頬張った。顔より大きい骨付きの鶏胸肉を丸ごと揚げた雞排(ジーパイ)や、糯米(もちごめ)の腸詰で豚肉のソーセージを包んだ大腸包小腸(ダーチャンバウシャウチャン)。顔についた糯米の粒や油でテカった口元を見つめ合っては、彼女達は笑い合った。たとえ真夏でも、雪と梅はちゃんと結ばれているなあと、そんな馬鹿げた発想に彼女は陶然としていた。

夜市の中核である文華路(ウェンファールー)を進むと、逢甲大学の正門が見えた。夜市の雑踏と喧騒とは無関係に、夜のキャンパスは静かな闇に包まれていた。歩き疲れて、二人はどちらからともなく、当たり前のようにキャンパスに入っていった。大学も夏季休暇に入っていたためか、キャンパス内は人が少ない。暫く歩くと、十四階建てのビルと、その前に広がる芝生が目に入る。芝生の横には一列のガジュマルが並んでおり、樹間にベンチが設置されていた。彼女達は照明のあまり届かないベンチを選んで腰を下ろした。夜市を歩き回っていた時の高揚感が次第に退いた。

「これで高校生活が終わり、か。やっと実感が湧いてきた」

小雪が空を見上げながら言った。空は相変わらず重苦しい雲に覆われていた。

「小雪はそうかもしれないけど、こっちは一か月前にもう卒業したからね」

卒業式は六月だったが、小雪は七月に試験があるから卒業式の後も毎日学校に通って勉強していた。

「迎梅はさあ、まだ死にたいと思ってる？」

唐突に小雪がそう聞いた。

「いや、死にたいと思ったことなんて一度も無いよ。少なくとも小雪と出会ってからは。ただ何となく、長生きできないだろうなあと、心のどこかで思ってるだけ」

「なんでそう思うの？」

何故だろう。彼女にもはっきり分からない。恐らく丹辰とは無関係ではないだろう。では、レズビアンであることに関係はあるのか。社会的な雰囲気はもはや九〇年代とは違うにしろ、今でも同性愛者は社会制度から排除されている。普通の人間のように育ち、結婚し、子を授かることができないからこそ、未来に対するイメージが摑めず、それが死への想像に繋がるのだろう。しかし、小雪と付き合う一年半で、彼女はもう充分セクシュアル・マイノリティとしてのアイデンティティを確立したはずだ。同性愛は病気ではないことははっきり分かったし、台北では毎年アジア最大規模のプライドパレードが開催されていることも知った。大学に入ったら一緒にパレードに出ようと小雪と約束を交わしもした。なのに、もしまだレズビアンでいることに不安を感じているのなら、それはあまりにも小雪に申し訳ないのではないか。

　黙り込んだ彼女を見て、小雪は話し続けた。

「迎梅は、大事な人の死を経験したことがあるでしょ？」

　そう訊かれて、彼女は少し動揺した。彼女は小雪に丹辰の話をしたことが無い。意図的に隠していたというより、小学生の頃の出来事を敢えて話題に取り上げる必要性を感じなかっただけだ。しかし、誰よりも丁寧に彼女の小説を読んでいた小雪がそれに気付くのは、考えてみれば当たり前のことかもしれない。そんな小雪は大好きだが、時には丸裸にされ、心の隅々まで見透かされているような気分になる。

「大丈夫だよ、小雪がいてくれれば、迂闊（うかつ）に死んだりしないよ」

　と、彼女は動揺を隠すべく話題を逸らした。

「じゃ、私がいなければどうなるの？」

「どういう意味？　小雪がいなくなるの？」

「いや、いなくならないよ」

　小雪は溜息を吐いた。「ただ、ずっと迎梅の傍にいられるとも限らないの。私は本当に迎梅のことがすごく好きだから、たとえ私がいなくなっても、生きていてくれる？」

改めてそう頼まれると、彼女もつい意地を張ってしまう。

「それは約束できない。小雪がいなくなるの嫌だし、いなくなったら私にそんなことを求める権利も無いでしょ？」

「それは間違いない。迎梅の人生に私がとやかく言う筋合いは無い。でも……」

小雪は少し間を置いて、彼女の方に顔を向けた。驚いたことに、小雪の目は涙ぐんでいた。「聞いて。私、迎梅と同じ大学には入れないと思う」

なるほど、と彼女は思った。小雪は努めて笑顔を見せようとしていたが、やはり試験が気掛かりなのだ。

小雪は続けた。

「今日の試験、やってしまったの。答えは知ってるはずなのに、いざ選ぼうとするとつい考え過ぎて間違ってしまう。そして次の教科の途中でハッと思い出して、それで落ち込んで、結局また同じ過ちを繰り返して……」

それまで抑えていた感情がいよいよ爆発したようで、小雪は啜り泣き始めた。初めて小雪の涙を見た彼女はどうすればいいか分からず、つい狼狽えてしまった。恐る恐る手を伸ばして、小雪の背中をゆっくりと摩るのが精一杯だった。本当は一つに溶け合うくらいきつく抱き締めてあげたかったが、小雪を刺激するのが怖くてできなかった。

「まだ決まったわけじゃないでしょ？　案外上手く行ったかも。決め付けずに、良い結果になるように祈ろうよ」

　十八年間も語彙を蓄積してきたのに、肝心な時にそんな陳腐な言葉しか出てこないことを、彼女は歯痒く思った。

「無理。受験した本人が一番よく分かってる。奇跡は絶対起きない」

　小雪は頭を彼女の肩に凭せ掛けた。空気はどことなく暑苦しく、雲は今にも頭に雪崩れてくるように低い。それでも雨は降らない。小雪の瞳から流れ出てくる透明な雫が、彼女の肩を濡らしていった。

「迎梅と離れ離れになりたくない。けど……」

　彼女も奇跡を信じるほどロマンチストではない。しかしあの時だけは奇跡を渇望していた。

「離れ離れになんてならないよ。台大が駄目でも、台北には他にも良い大学が沢山あるでしょ？　政治大学はどう？　文学部も外国語学部もコースがいっぱいあるし、有名な作家や芸術家も沢山出てるよ」

そう言いながら、彼女は自分の言葉に心底失望した。政治大学の文学部にどんなコースがあるかなんて問題ではないはずだ。彼女達が共に描いた未来——春の暖かな陽射しの下で杜鵑花を愛で、秋の爽やかな風に吹かれながら詩を詠み合う、そんな未来だ。一緒に受けたい授業が沢山あるし、一緒に回りたい本屋も沢山ある。彼女達はこれまで何度もそんな想像を練り、何度も一緒に台大のシラバスと、大学周辺の独立系書店の情報を調べた。小雪が気にしているのは、自分自身の失敗でそんな未来予想が壊れてしまうということのはずだ。だとすれば、他に掛けるべき言葉があるのではないか。

しかし、彼女が何かを言う前に、小雪が先に宣言した。

「私、一浪すると思う」

彼女は驚いた。台大に入れなくても、何も浪人をする必要は無いはずだ。

小雪は頭を凭せ掛けたまま、彼女の反応を気にせず、独り言のように話し続けた。

「両親と約束したの。台大に入れなければ浪人するって。両親はどちらも台大出身で、私にも台大に入ってほしいといつも言っている。私も心の中で決めたの。両親の期待に応えて、代わりに迎梅との関係も認めてもらおうって」

心がチクリと痛んだ。小雪にそんな考えがあったなんて、彼女は知らなかった。小雪はいつも凜としていて、我が道を行くように振る舞っているから、家族に性的指向や恋人を認めてもらいたいという願いが小雪にもあることに、彼女は気付いてあげられなかった。願いだけではない。きちんと計画もしていたのだ。

彼女にはそれができなかった。見通しの立たない未来をどこか恐れていて、そんな未来に直面するのをいつか死によって回避することを想像していた。何かにつけて死に惹かれ、先のことを虚無視する彼女とは違い、小雪は二人のために将来のことも考えているのだ。ならば、小雪の決めたことに対して、彼女も支持の意を示さないわけにはいかないはずだ。しかし——

「離れたくないよう」

我が儘なのは重々承知だ。もし小雪が本気で浪人したいと決めたのなら、その決定を左右する権利は彼女には無いし、我が儘を言う自分が嫌だった。それでも言わずにはいられなかった。小雪は台中が実家だから、浪人するとなると台中の予備校に通うことになるだろう。しかし彼女は台北に行く。二百キロの距離は、当時の彼女にとって天と地のように遠く感じられた。

「私だってそうよ」

と、小雪は静かな声で言った。

「でも、両親の期待だけじゃない。私もあの杜鵑花城に入りたいし、迎梅と同じ大学に行きたい。だから……我が儘なのは知ってるけど、一年間待ってほしいの。絶対会いに行くから。その時、二人で邱妙津の軌跡を辿ろう。酔月湖、汀州路（ディンジョールー）、温州街……悲劇で終わらない『鱷の手記』を、一緒に書こう」

彼女は思わず想像した。やっと再会した二人が、夜の酔月湖の畔で風に吹かれながら散歩したり、温州街の入り組んだ小道で書店とカフェを探索したり……小雪は何も我が儘を言っているのではない。行きたい大学に入るために、叶えたい夢を摑むために努力して、何が悪いのだろうか。

「結局……人生不相見（じんせいあいみざること）、動如参与商（ややもすればしんとしょうのごとし）、か」

また嘆くようなことを言ってしまった。小雪の前ではどうしても甘えてしまう。

「縁起でもないこと言わないで。二十年も離れないよ。無為在岐路（なすことなかれきろにありて）、児女共沾巾（じじょとともにきんをうるおすを）」

「そう言われても、児女だから仕方無いじゃん」

小雪は彼女の肩から頭を離し、今度は彼女を軽く抱いて、頭を撫でた。二人はそのまま黙り込んだ。少し離れた所の逢甲夜市の喧騒だけが、遠くで木霊していた。空には星も月も見えなかった。

帰りのバスが違うから、二人はバス停で別れた。夜十時半のバスは夜市から帰宅する人達で混雑していた。吊り革を摑み人混みの中で一時間揺られながらも、彼女は心が温まっていた。小雪の体温がまだ感じられるし、残り香もまだ周りに漂っている。大丈夫。元々プラトニッククラブみたいなところがあるし、彼女と小雪の絆はたった一年間の別離でそんな簡単には断裂しない。

バスを降り、家に向かって夜道を歩く彼女は、そう信じていた。台中と台北も会えない距離ではない。これまで彼女はずっと小雪に支えられてきたから、今度は彼女が小雪を支える番だ。そう思うと、何だか身体が軽やかになった気がした。頻繁に会えなくても、電話で応援することくらいはできるはず。小雪はしっかりしているからきっと来年の試験は上手く行く。何も心配する必要は無——

急に背後から引き倒されたのを感じた。何が起こったかまだ悟らぬうちに羽交い締めにされ、口を何か布類っぽい物で塞がれ、そのまま地面に押し倒された。周りには街灯一つなく、暗雲が渦巻く空が途轍もなく暗い。いつの間にか人気の無い路地裏に入っていた。帰宅の近道としていつも通っているが、こんなにも暗いんだと彼女は初めて意識した。誰かが荒息を立てている。彼女を押し倒した人だ。手足を固定されて、身動きが取れなかった。目を凝らして見たら、知らない男だった。汗だらけで、髪の毛が半分禿げかかっていた。彼女はありったけの力を使って抵抗しようとしたが、身体がまるで動かない。叫ぼうとしたが、声が全く出ない。男は押さえ付けるようにして彼女に伸し掛かり、体中を撫で回した。小雪の顔が脳裏に浮かんだ。その美しい顔を思うと、心が身体より十倍百倍も痛んだ。視界が涙で滲んで、醜い男の顔もぼんやりしていった。ほら、小雪、言ったでしょ、私は長生きできないって。男の荒息と共に、腐敗した魚のような生臭い悪臭がした。吐き気がする。何が茨の鳥よ。何が世界で一番美しい歌声よ。ほら、私はもうじき死ぬ。何の意味も無く、こんなにも無様で、見苦しく——

気が付いた時、男は既にいなくなっていた。その代わりに深刻そうな表情をした人達が彼女を見下ろす格好で囲んでいた。誰かが電話をしている。身体中が痛い。空が暗闇に侵蝕されている。遠くからパトカーのサイレンが聞こえてきた。空気には黴の臭いと死んだ魚の臭いが混じっている。涙が頬を伝い、薄汚れたアスファルトの地面に流れた。意識を失う直前まで、男のその言葉は彼女の脳裏で絶えず木霊していた——

「我肏妳這死蕾絲邊（このクソレズめ）！讓妳知道被男人幹有多爽（男の良さを教えてやる）——」

09

もし彼女がレズビアンでなければ、あんな目には遭わずに済んだだろうか。人生にもしもが無いということは弁（わきま）えているが、彼女はつい考えてしまう。性的指向の烙印が、彼女の不幸の根源ではないだろうか、と。その論理性に乏しい考えに、彼女は長い間苛まれてきた。

自分自身の性的指向にプライドを持てるかどうか分からないが、それでも彼女はレインボープライドに来ていた。世間の黄金週間は、東京のセクシュアル・マイノリティにとっては虹色週間だ。東京レインボープライドと題して、毎年恒例、代々木公園でフェスタとパレードが行われる。台北のパレードは結局一度も行かなかったが、東京プライドに参加するのは今回で三回目だ。

　ゴールデンウィークの最終日は日曜日だった。彼女が着いた午前十一時頃、代々木公園のイベント広場は既に参加者で溢れていた。東京のレズビアン界隈に長くいると、世間の狭さを実感せずにはいられない。イベントに出ると必ずと言って良いほど顔見知りがいるし、数か月前に知り合った友人に最近できた恋人が数年前に知り合った友達だった、といった類の偶然も珍しくない。今日の会場でも、少し歩き回るうちに既に何人もの顔見知りと挨拶を交わした。

　フェスタでは様々な団体がブースを出店し、飲食物やアクセサリーなどを販売しており、ステージでも様々なパフォーマンスが上演されていた。ブースにしろステージにしろ、全てが多様性のシンボルである虹色で飾られていた。それを眺めていると、世界は愛と平和に溢れているという錯覚に陥ってしまいそうになる。けれどもラブ・アンド・ピースとか、イット・ゲッツ・ベターとか、それら心が躍るような聞こえの良いスローガンは悉く、彼女には現実味が感じられなかった。

ステージの横でしょちゃんと合流した。ソフィアと他に二人の台湾人レズビアンもいた。東京に住んでいる台湾人レズビアンの多くはネットコミュニティで繋がっている。そのコミュニティはしょちゃんが来日直後に立ち上げたものだ。

暫くしてアキも着いた。アキはしょちゃんがレズビアンアプリで知り合った日本人で、二人は意気投合してよく一緒にクラブイベントに行くようになり、いつの間にか付き合うようになった。ジェンダーレスショートの髪型にウェリントンフレームの黒縁眼鏡、いつもボーイッシュでラフな格好をするしょちゃんとは対照的に、アキは茶色のカールロングで、フェミニンな格好をすることが多い。見た目こそ印象が違うものの、アキもしょちゃんと同じくらいサバサバした性格で、人目をあまり気にしないタイプだ。そんな二人だから、いちゃつくのに時間も場所も選ばないし、見られていても少しも怯まない。二月のクラブイベントで二人がディープキスしているところをソフィアが撮影し、その写真をコミュニティ内で拡散して以来、二人はよく話のネタにされるが、気にするどころか、寧ろそれまでよりも惚気(のろけ)るようになった。

黄金週間という名に相応しく、澄み渡る青空に懸かる日輪が黄金色の光を放っていた。パレードの受付を済ませてから、彼女達は整列地点で出発を待機していた。

「こないだ勧めた中山可穂、読んだ？」

待ち時間の所在無さを紛らすために、彼女は隣のソフィアに話し掛けた。彼女より二歳年上のソフィアは中国文学科出身で、かなりの本好きだ。東京で会社勤めする傍らに、友達数人と台湾の苗栗（びょうりつ）で闌苑書屋（ランユエンシューウー）という小さな独立系書店を経営している。普段は企画を出したり作家と連絡を取ったりなど、ネットでできる業務を中心に行っているが、書店が講演会などのイベントを開催する日には有休を取り、台湾に戻って手伝いをしていて、中々忙しい。今回も一昨日まで台湾にいて、今日のパレードのために昨日東京に戻ってきたばかりだ。

「読んだよ。『白い薔薇の淵まで』、文庫本で」

と、ソフィアは答えた。

「どうだった？」

「あの流麗な文体にしろ、宿命的な悲哀の漂う雰囲気にしろ、それと命の全てを投げ出し、少しも理性の介在する余地が無い自己破滅的な恋の有り方にしろ、確かにどこか邱妙津を想起させる特徴がある。小恵が『邱妙津が生きてたら、こんな小説を書いてただろう』と評したのも、なるほど理解できる」

ソフィアも大の邱妙津好きで、つい最近書店で邱妙津の読書会を開いたばかりらしい。

「でも、邱妙津なら絶対『フェミニズム運動にもゲイ・パレードにも興味はない』なんてわざわざ書くことはしないと思う。小説を書くことで精神的なユートピアを構築しようとしても、個人の苦悩は政治とは決して切り離せないということを、邱妙津はよく分かっていた。もしプライドパレードが発足した二〇〇三年まで生きていたら、きっと彼女はセクマイ運動の旗振り役になってたと思う」

斯く言うソフィアもまた積極的に社会運動に参加している。太陽花学運（ひまわり学生運動）(14)の時も先鋒として真っ先に立法院に突入し、院内で中日通訳を担当して、動画配信サイトを通じて運動の様子をリアルタイムで日本に伝えていた。一緒に書店を経営している友人もひまわり学生運動の仲間らしく、そのため闇苑書屋は台湾の左派運動の一つの拠点になっている。

---

(14) 太陽花学運　二〇一四年三月、国民党政権が中国とのサービス貿易協定の締結を秘密裏に進めようとしたことに反発して起こった社会運動。詳しく知りたい方は李琴峰『ポラリスが降り注ぐ夜』を参照。

「仮にそうだとしても、それは邱妙津の内面的な背反性を激化させるだけだと思わない？」

と彼女は聞いた。ソフィアは少し考え込んだ。

「確かにその通りだけど……要は、中山可穂の作品には、そうした背反性を感じなかった、と言うべきかな……激動の時代を生きた孤独な魂の――」

「何？ 中山可睡（ジョンシャンカーシュエ）？ そりゃあ、確かに孫中山（スンジョンシャン）[15]は大勢の女と寝たんだろうけど、何故今そんな話を？」

前に並んでいるしょちゃんが後ろに振り向いて、会話に加わってきた。中国語ができないアキも首を傾げながらこちらを見ている。

「中山可穂（ジョンシャンカースエー）だよ。日本の小説家。もう、名前が小書というくせに、全く本を読まないんだから」

ソフィアは呆れたように言った。真面目な文学の論議から孫文の不倫の逸話にいきなり飛躍したことで生じた滑稽さに、彼女は思わず失笑した。そんな無駄口を叩いているうちに、隊列はいよいよ出発した。

パレードは渋谷区役所前から出発し、渋谷駅前のスクランブル交差点を通り、表参道を経由して代々木公園に戻る。行進に参加する人は各々主張が書かれたプラカードを掲げたり、レインボーフラグを振ったりしながら、沿道の応援者と熱情的にハイタッチを交わしていく。ソフィアもレインボーの六色で書かれた「赤紙は要らない、青い鳥を下さい」のプラカードを掲げていた。中々センスの良いメッセージだと、彼女は思った。

隊列の先頭を行くフロートが賑やかなクラブミュージックを流しており、フロートの上で派手な衣装を身に纏うドラァグクイーン達がダンスを披露していた。その熱気に感染し、いつの間にか一般参加者も音楽に合わせて手拍子を打ったり、体を揺らしたりし始めた。彼女も歩いているうちに、心が軽くなったような気持ちになれた。こんな快晴の日に、煦々とした日光を浴びて、様々な色彩に囲まれていると、何となく闇を置き去りにできる気分になった。頭を過る記憶の片鱗は濾過され、傷口を疼かせないような映像のみが認識の表層に留まる。険しい道に常に立ち籠めていた昏い靄が急に晴れたような気分だった。一時的な状態とは言え、彼女はそれで一息つくことができた。日本に来

(15) 孫中山　孫文の別称。中華圏では孫文より、孫中山という呼称の方が一般的である。

てからは何度かこのような状態を経験したが、二十七歳の誕生日の後は、今日が初めてだ。

絵梨香の明るい笑顔と鈴のような笑い声が脳裏に浮かんだ。あの二月の月曜日の翌日、絵梨香は朝一で謝りに来た。仲直りできたのは嬉しかったけれど、それと同時にどこか寂しく感じている自分に、彼女は気付いた。喪失への恐怖に溺れ、嫉妬といった負の感情に自分を見失うのが実に人間らしい反応であり、絵梨香にもそんな側面があるのは確かだった。しかし一日も経たないうちに、絵梨香はもう自身の弱さに向き合うことができた。自分にこんな素直さがあるのだろうかと、絵梨香を見つめながら、彼女はそう考えずにはいられなかった。

昨晩、長野から帰ってきた絵梨香と一緒に夕食を食べ、岡部の実家への旅の報告を聞いた。結局心配は全くの杞憂で、岡部のフォローも功を奏し、絵梨香は岡部の両親に非常に可愛がられたそうだ。息子は昔から勉強ばかりしてて彼女ができないんじゃないかと心配していたけど、こんな優秀な彼女ができてホッとしたわ、なんてことも言われたらしい。そう語る絵梨香の笑顔には、虹が懸かっているようでとても幸せそうに見えた。少し寂しく感じつつも、彼女も絵梨香の幸福を喜んだ。しかし、紀恵ちゃんは？　どんな男がタイプなの？　と訊かれた時、彼女はやはり何とか誤魔化すしかなかった。

　隊列は神南一丁目の交差点まで来ていて、マルイの外壁にもレインボーフラグが懸かっていた。これだからプライドパレードが好きなのだ。静謐な闇の中以外に、心が安らぐ数少ない場所。幾朶の巻雲が漂う碧空の下、虹色に彩られ胸を張って闊歩する人の群れ。まるで世界から祝福されているような気分だ。それは不協和音を悉く無視した仮初の幻想に過ぎないと知りながら、彼女はつい頼ってしまう。

　渋谷駅前のスクランブル交差点で、数千人の視線が注がれる中で隊列は角を左折した。ソフィアなら「こんな上辺だけの連帯と、カーニバルのようなパレードだけが、社会運動の存在意義ではない」とでも言うだろう。しかし、上辺だけの連帯に覚えた確かな疎外感から目を背け、無理矢理にでも心の拠り所を見出さなければ、彼女は日常すら維持できなくなってしまう。

　隊列が高架鉄道の下に差し掛かった時、薫の姿が目に入った。その瞬間、彼女は思わず震え出した。反射的に顔を他所に向け、視線が合わないようにしたが、全身に冷や汗をかいていた。脈が速くなり、動悸が高まるのを感じた。見えたのは一瞬だけだったけれど、パレードの沿道に立ち、顔を綻ばせて「違う愛に平等を」と書かれたプラカードを掲げながら行進参加者とハイタッチを交わす薫の姿は、彼女の瞼にはっきりと灼き付いた。よほど顔色が悪くなったか、ソフィアからも、

「どうしたの？」

と声を掛けられた。

「いえ、何でもない」

と即座に素っ気なく返事し、努めて平気な顔を装った。ソフィアも特にそれ以上詮索はしなかった。隊列は何事も無かったように行進し続け、薫の立つ場所はあっという間に背後に置き去りにされた。薫が彼女に気付いたかどうかは分からないが、自分が依然として怯えていることを彼女は思い知らされた。

10

あの暗い夜に、顔すら覚えていない男の性器と精液によって、彼女の人生は真っ二つに切り裂かれてしまった。それまでなんとか創作によって胸裏に蟠る負の感情を昇華

させられていたし、小雪との関係を頼りに生の幸福を噛み締められていたが、あの夜を境目に、彼女は底無しの深淵をいつまでも墜落し続けることになった。深淵では愛や言葉など曾て美しく感じられた事物には手が届かず、ただ凍て付いた無辺の闇だけが広がっていた。小雪でさえ、彼女をその深淵から救い出すことができなかった。

その男が捕まったかどうか、彼女には分からないし、さほど興味も無い。捕まったところで災難が取り消されるわけではないのだから。

記憶はずたずたに切り裂かれたシネフィルムのように、所々欠落していた。まずは聴覚。聞き覚えのある声と無い声が喋々と耳打ちしていた。「深夜に一人で暗い路地をうろうろするなんて」「まだ十八歳なのね、可哀想に」「うちの娘にも気を付けるように言っとかないと」。次に触覚。何かで運ばれているような、上下の揺れを激しく覚えた。そして嗅覚。消毒液と様々な薬品がごちゃ混ぜになっている、病院独特の臭い。視覚。ようやく開いた瞼に射し込んだのは、病室の無機的な白光だった。次いで痛覚。全身が痛かった。特に両足の間は灼熱の鉄塊で灼かれるような痛みを感じた。視覚。両親と思しきぼんやりとしたシルエットが視界の端で揺れていた。暫くした後、医師と思しき人物に何かを訊かれ、何かを答えた。そして眼前が急に暗くなった。夢の無い、深い眠りの淵だった。

その後にあの無機的な病室で幾度覚醒と昏睡を繰り返したかは定かではない。記憶が完全な連続体となったのは、実家に帰った後だった。三階にある見慣れた部屋と、見慣れた家具。窓から外を眺望すると、見慣れた田んぼ一面の田舎景色が目に入る。全てが見慣れている風景のはずなのに、何一つ現実感が湧かず、まるで渺茫とした空虚を隔てているように感じた。これは似ていても全く異なる世界。彼女は分かった。もう元の世界には戻れないのだと。

部屋のドアが開いて、誰かが入ってきた。彼女は反射的にドアの方に向いて身構えた。母だった。勿論頭ではそれがはっきり分かっていたが、何故か遠くの世界の、自分とは何の関係も無い誰かのように感じられた。もっと正確に言えば、人の感じがしなかった。人形やマネキンのような、人の形をした何かのように感じられた。

「起きたのね？」

と母は彼女に話し掛けた。両手に何か麵類の入っているどんぶりを持っていた。そっか、もう昼食の時間か。他人事のように、彼女はそう思った。

「うん」

　彼女は軽く頷いた。

「そろそろお腹空いたでしょう。迎梅の好きな牛肉麵を作ったの。熱いからゆっくり食べなさい」

　と、母は言いながら、どんぶりを机の上に置いた。机の上には四人の小学生がオルガンと一緒に写っている写真が飾ってあった。丹辰、だったっけ。そっか。そんなこともあったんだね。写真を眺めながら、彼女はそう思った。

「あまり考え過ぎないでね。もうすぐ大学生だし、楽しいことがきっといっぱいあるから」

　と、母は言った。何も答えなかった彼女を一頻り見つめて、母は彼女を抱こうと両腕を伸ばした。彼女は反射的に後退った。母は溜息を吐いて腕を下ろした。

「食べたらゆっくり休んでなさい。どんぶりは取りに来るから」

　と言って、母は静かに部屋を出て行った。

　彼女は暫く牛肉麵を見つめた。スープの表面からまだ湯気が立っている。机の前に腰を下ろし、試しに手を付けてみたが、食欲は全く湧かない。携帯が鳴り出した。画面に小雪の名前が表示されている。

急に深い恐怖がこみ上げてきて、彼女は思わず慄いた。小雪と罪を犯していたから、罰が下ったんだ。直感が彼女にそう告げた。きっとそうだ。小雪を好きにならなければ、レズビアンでなければ――それと同時に、ある小さな声が頭の中で彼女に囁き掛ける。違う。同性愛は病気でも罪でもない。貴女は何も悪くない。完全にあの男が悪いんだ。それは理性の声だと、彼女には分かっていた。いや、小雪とあんなことをしなければ、あんな夜遅くまで外にいなければ――違う、もう二十一世紀なんだ、女性が夜道を歩くのが悪いなんて前時代的な考え方は――しかし実際ヤられたんだ、人生を滅茶苦茶にされたんだよ、平等とか人権とか綺麗事を並べられても――

「もしもし？　迎梅？」

震える指で応答ボタンを押したら、小雪の声が伝わってきた。何か話そう。小雪に心配を掛けないように――しかし、何を話せば――

「もしもし？　迎梅が退院したと聞いたんだけど、今実家？　病院には何度も行ったのに、友達だと言っても全然入れてもらえなくて。付き合っているとも言えないし……」

何か焦っているようで、普段の穏やかさは跡形もなく、小雪は口早に喋り続けた。どうすれば良いか分からず、今にも泣きそうな声だった。ほら、やっぱり言えないんじゃないか、私達の関係なんて——

無力な理性は到底、彼女の中で肥大化していた恐怖の影には打ち克てなかった。彼女の方から電話を切り、全ては沈黙に帰した。

二か月後、彼女は予定通り家を離れ、台北という狂騒の都市に身を抛り込んだ。小雪はやはり目標の成績が取れず、浪人することになった。

杜鵑花城は彼女の想像とは違い、年中曇天に覆われていた。春は梅雨に襲われ、夏は対流性降雨と台風が猛威を振るい、冬は東北季節風が訪れる。台北は一年のうち大半が雨で、杜鵑花城もその劣悪な天候を免れられない。

彼女は何のサークルにも入らず、講義も出るだけで、ほとんど誰とも交流しなかった。日本語会話などペアを組む必要がある講義では、彼女は当然のように孤立していた。講義が終わるとすぐ寮に戻り、村上春樹や太宰治に浸った。お腹が空いたら学食で最低限の食事を買って、やはり寮に戻って食べた。十時くらいになると予備校が終わった小雪と電話をした。

「どうせみんな私のことを汚いって思ってるでしょ」

と、彼女は電話で自嘲した。

小雪は彼女が会話できるほぼ唯一の人間であり、彼女の唯一の感情の出口でもあった。それ故に、彼女は胸裏に渦巻いていたありったけの感情を、ただ小雪にぶつけていた。

「そんなことは無い。私は迎梅のことが大好きよ」

「小雪も知ってるくせに。私なんかとっくに汚れ切っている。そもそもこうして付き合っているのがいけないんだ。全てを破滅に導くだけよ」

「破滅なんかしない。付き合っているのも何も悪くない。迎梅はもっと堂々として」

「悪くないのならみんなに言ってよ。両親に言ってよ。私と付き合ってるって」

「それは……いつかは言うから、絶対」

「なんで『いつか』なの？　なんで今じゃいけないの？　所詮良い大学に入れなかったら認めてもらえないって思ってるんでしょ？」

電話をしても、会話はいつも一方的な八つ当たりにエスカレートした。毎日毎日、昼間は夜の電話を楽しみにしていたのに、いざ電話をすると言葉を選ぶ余裕が無くなり、彼女はどす黒い感情をただ撒き散らして、何度も小雪を泣かせてしまった。朝から晩まで予備校に缶詰めになるような生活をしている小雪を支えてあげられないばかりか、逆にその負担を重くしているだけだった。疲れ切った小雪の声を聞くと、憔悴し切った小雪の顔を思い浮かべると、彼女は激しい自己憎悪に苛まれた。それでも小雪はイラつくことなく、いつも優しく彼女を宥めた。自分が身も心も疲労困憊していようと、一生懸命彼女を深淵から救い出そうとしていた。

「迎梅は今、正に私達が夢見ていた杜鵑花城にいるでしょ？　嫌なことを考えずに、もっと青春を謳歌したら？」

「青春と言われても、今は真冬だけどね。毎日冷たい雨が降っていて鬱陶しいよ」

「サークルに入って、友達を作ってみたら？　台大にはレズビアンサークルもあるんじゃない？」

「分かったよ、あんたも私に飽きたのね。どうせ他の人に押し付けたくて押し付けたくて仕方無いでしょ？」

「違うよ。ただ、迎梅には楽しく過ごしてほしいと思うだけ――」

「サークルなんか嫌だよ。私の見えない所でみんな寄って集って、私の悪口を言って楽しむ奴ばかり」

誰とも言葉を交わさないせいで、彼女は学科内では酷く不気味がられていた。日本語は中学から勉強しているし、日本文学もよく原文で読んでいるから、筆記試験だけは常に優秀な成績を取っていた。それが原因で更に煙たがられた。もとより台中女中は名門校で、台大に進学した生徒数は少なくない。そのためか、彼女が遭ったことも学科内で知れ渡っているようだ。

「何その『私が世界で一番不幸な人』みたいな顔」

「普通にしてればみんなも気にしないのにね」

「悲劇のヒロイン気取りじゃない？」

人がいる所にいると、彼女は常に陰口を叩かれている気がしてならなかった。実際、そんな陰口も偶に聞こえてくる。誰が信用できて、誰が信用できないかは、全く見当が付かなかった。風声鶴唳、草木皆兵とはそういうことだ。

一回だけ、雀斑が散らばる顔の、小柄で優しそうな同期の女子が彼女の所に来て、

「迎梅は、色々大変だったでしょう。でも頑張ってね。私は応援してるから」

と言った。彼女は反応に窮し、ただ黙り込んでいた。暫く経ってもその同期は離れず、まるで返事を待っているようだったので、彼女は淡々と返答した。

「ごめんね、その件には触れないでほしい」

それを聞いて、同期は顔色が豹変し、黙ったまま去っていった。次に見かけた時、その子は既に彼女の陰口を叩く側に回っていた。彼女が通りかかると、「思い遣って話し掛けてやったのに、全く有難く思う様子が無かった。あれは人間としてどうなの？」と、聞こえよがしに大きな声で言った。心底人間というものに恐怖を覚え、彼女は寮に戻るや否や布団に潜り込んだ。全身が絶えず震えていた。

大学寮は四人部屋で、二十数平米の空間に下段が勉強机の木製ロフトベッドが四台入っている仕様だった。ルームメイトの邪魔にならないように、小雪と電話する時はいつも部屋の外で話していたが、それでも我を忘れて怒鳴り出すことがしばしばだった。その度にルームメイトの顰蹙（ひんしゅく）を買い、寮の管理人にも注意されたから、遂に寮にもいづらくなり、二学期から退寮し、学校の外で部屋を借りて一人暮らしを始めた。そのことを小雪に話すと、小雪は暫く沈吟してから、話しづらそうに、こう言った。

「迎梅は、やはり医者に診てもらった方が良いんじゃないかな」

その言葉は彼女にとって衝撃的だった。

「何それ？　私が病気だと言いたいの？」

「それは行ってみないと分からないでしょ？」

「じゃあ言ってみてよ。私がどんな病気なの?」

「だから分からないって言ってるのよ!」

小雪は珍しく声を荒らげた。彼女はびくっとした。

本当は、今の自分の状態はまともじゃないということくらい、理性では分かっていた。それを認めるのが怖くて、彼女はずっとそのことから目を背けてきた。しかし、小雪に指摘されることによって、彼女は嫌でも認めざるを得なくなった。

小雪は話し続けた。物静かで、どこか絶望を帯びた口調だった。

「ごめんね、迎梅。このままじゃ、私も駄目になってしまうの。私、頑張ったの。心を強く持とうって。迎梅の傷を癒し、支えになろうって、そう決めたの。でも私はやっぱりそんなに強くなかった。このままじゃ、台大に合格するどころか、人生そのものが狂ってしまう」

泣き喚きたい衝動を必死に抑え込んで、彼女は小雪が話し終わるのを待っていた。

理性では分かっていた。小雪も生身の人間で、しかも浪人生。彼女の感情の荒波をいつまでも無条件に受け入れることは到底できないし、そんな義務も無い。小雪にとって彼女が深淵だった。小雪がどんな暖かい光を持っていても、いずれは底無しの深淵に呑み込まれてしまう。

彼女は既に小雪に助けてもらい過ぎた。そんな小雪を失いたくない。ここは小雪に謝って、病院に行くことを約束すべきだ。小雪の負担にならないよう、せめてもの努力はすべきだ。彼女にとって小雪が如何に大切かということをちゃんと伝えるべきだ。理性では分かっている。しかし——

「そう？　別れたくなったのね？　言ったでしょ？　全ては破滅するだけよ。そもそも付き合うのがいけなかった。付き合ったから私はあんな目に遭ったのよ。なのにあんたは私を——」

私を捨てる、とは流石に言えなかった。小雪が彼女を捨てたのではない。彼女が小雪を突き放したのだ。

彼女の暴言に、小雪は言い返さなかった。ただ静かに、疲弊し切った声で、

「迎梅……ごめんね」

と言った。そして電話が切れ、ツーツーツーという無感情な音だけが虚しく鳴り響いた。

彼女は思いっきり携帯を壁にぶつけた。けたたましい音と共に幾つかの部品が飛び散

り、部屋は再び静まり返った。目眩がした。天と地が逆さまになったように感じられた。氷の穴蔵に抛り込まれたようで、全身の血液が凍結しそうだった。いっそ包丁で刺し貫きたいくらい心臓が痛かった。カッターナイフで手首に幾筋も傷をつけ、滲み出た血を一頻り眺めているうちに、やっと痛みが治まった。彼女は全身から力が抜け、ベッドに身を抛り込んだ。

翌日、彼女は台大附属病院の精神科に通い始めた。

11

高田薫。小雪以外で唯一、彼女が本気で愛した女。

初めは、自分はようやく長い旅路を終え、天に良縁を授かったのだと思った。海を渡ってまで過去の影から逃れようとする努力が実り、ようやく自分の全てを受け入れてくれる人に出会えたと思った。

出会いアプリで薫と知り合ったのは、二十六歳の秋だった。二十三歳で渡日してから瞬く間に三年半が経ち、その間に彼女は大学院に入学し、修了し、会社勤めを始めて一年半が過ぎていた。取り立てて大きな波瀾も無く、凡庸ながらも穏やかな日々を過ごした。相変わらず精神科で抗鬱剤を処方してもらっているが、大学時代より用量も少なく、薬のお蔭で精神状態も安定しており、常人と何ら変わりの無い日常を送っていた。

ネットで知り合った人とすぐに会いたくなるような性格ではないので、知り合ってからも暫くはメッセージの遣り取りを繰り返した。一か月ほどしてやっと薫から誘われ、二人で一緒に美術館に行くことになった。

休日の上野駅は人波が飛蝗の如く東西南北に流れていた。先に着いた彼女は待ち合わせの改札外で、柱に寄り掛かりながら本を読んでいたが、程無く視線を感じて、顔を上げると、二十代後半と思われる、赤みがかったナチュラルショートの女性が、人波を掻き分けながら彼女に向かって歩いてきた。それが薫だとすぐ分かった。グレーのスウェットシャツに膝丈のデニムスカートという無造作で飾り気のない着こなしは、如何にも自由気ままに生きる美大生のスタイルだった。身長も顔も平均的なもので、顔も少し地味で、もし街中で見かけたら気にも留めずに見過ごすだろう。しかし、二度見、三度見すれば、全体的なコーディネートに洗練された魅力が秘められていることに気付く。

相手に先に気付かれたことに少し気恥ずかしさを覚え、彼女は本を鞄の中にしまい、相手に向かって軽く手を振った。

美術館ではゴッホの特別展が開催されていた。彼女は美術にそれほど詳しくないし、ゴッホについても、左耳を切り落として愛する女に渡したという逸話と、拳銃で自死したということくらいしか知らなかった。しかし薫と回るのは非常に楽しかった。美大出身、美術の専門学校に講師として勤める薫は、特に西洋美術に精通していて、展示作品について事細かに彼女に説明した。お蔭で色使いと精神状態の関係や、浮世絵から与えられた影響や、同時代の画家との関係など、一人では決して知り得ないことまで理解できた。それは彼女がそれまで徜徉していた文学とは全く別種の精神的世界だった。

その後も、薫とは何度かデートを重ねた。付き合おうという明確な示し合わせこそ無かったものの、友達を超えた間柄という暗黙の了解が、二人の間にはあるように思えた。

「心に霊犀一点の通ずる有り、だね」

二回目のデートは歴史博物館に、三回目のデートは近代文学館に行った。文学館を出た時、夕陽は既に西に沈み、海の方から吹いてくる晩秋の潮風は少し肌寒く感じられた。

彼女達は近くのカフェに入り、いつも通り芸術や文学や政治について語り合った。話が一段落ついた後、彼女は笑いながらそう言った。

「心にれい……何？」

薫は全く見当が付かない様子だった。

「何でもない」

と、彼女は笑いながら話題を閉じた。

術業有専攻（じゅつぎょうにせんこうあり）。美大出の薫は日本文学については人並みの知識を持っているが、流石に中国文学と台湾文学にはさっぱりだった。ある時、中学漢文の知識を総動員し、このような見解を述べた。

「国破れて山河在り、城春にして草木深し。この詩を思い出すと、いつも新しい生命の息吹を感じるの。破れた国にも春が訪れ、草が茂り、再生の兆しを感じさせる。最近、テレビで映っているシリアの難民キャンプの光景が痛まし過ぎて、余計に春が待ち遠しい」

彼女は聞きながら、心の中で苦笑した。あまりにも的外れの読み方だったからだ。安史の乱が唐帝国に与えた打撃がどれほどのものか、薫には分からないだろう。八世紀の世界で最も繁栄していた長安の都が、一夕にして焦土と化したのだ。その後の唐帝国は再生するどころか、衰退の一途を辿った。「草木深し」は再生の兆しなどではなく、人がいなくなり、雑草だけが生い茂る荒城に対する描写なのだ。もし続きの「時に感じては花にも涙を濺ぎ、別れを恨みては鳥にも心を驚かす」の句を記憶していれば、そんな解釈にはならなかったはずだ。とは言え、漢詩を読んでシリア難民の境遇を連想する薫の人道主義的な精神は、確かに詩聖・杜甫に通ずるところがあるようにも思えた。彼女は正に薫のそんなところに惹かれたのだった。

しかし世界は春ではなく、冬に傾いていった。年の瀬を迎えた頃、彼女達は六回目の逢瀬を果たした。場所は彼女の家だった。お菓子を食べたり、紅白を観ながら雑談したり、じゃれ合ったりで、過ごし方としては極めて普通だったが、それでも薫と一緒にいると、「幸せ」という言葉が頻りに脳裏を過るのだった。除夜の鐘が鳴った後、彼女は甘えるように薫の体に凭れ掛かり、右手で薫の右手を握った。薫は左手で彼女の髪を静かに撫で、二人は鐘の音の残響が消えるのと共に黙り込んだ。暫くして、

「私、終電逃しちゃった」

と、薫が静かに言った。

　薫は横浜市民で、新宿にある彼女の家とは確かに少し離れているが、三年半も東京に住んでいれば、大晦日の電車が終夜運転であることくらい、彼女にも分かっていた。

「では夢の汽車に乗って銀河の果てまで走ろう。二人で」

「終わりそうもない旅ね」

「終わってほしくないから良いの」

　このように甘えるのはいつぶりだろうか。彼女は考えた。二千キロの海で隔てられていると、海の向こうで過ごした人生も前世の記憶のように思えてくる。記憶の影は海のこちらまでは追い掛けてきていないようだ。自分の心に付き纏う死の翳りを、月のような柔らかな光を持つ薫が追い払ってくれるだろう、と彼女は思った。

「君がため惜しからざりし命さへ、長くもがなと思ひけるかな。不思議だね、薫ちゃんと一緒にいると、まだ死にたくないと思えるの」

「そう？　私は死んでも良いわ」

「それ、告白？」

「『くたばってしまえ』ふうに言われても嬉しくないか」

「あの人は男だからね。でも薫ちゃんに言われるの、すごく嬉しい」

「一緒に死んだら、三途の川を一緒に渡れるかもね。男に引かれずに済んで」

「男に引かれる？　何のこと？」

「あ、知らなかったの？　日本では、女は三途の川を渡る時に、初めて交わった男に引かれて渡るって伝説があるのよ」

脳裏を一抹の不安が過った。彼女はその不安について深く考えないことにした。

「何その嫌な伝説？　男尊女卑、異性愛中心主義にもほどがある」

「古い伝説なんて大抵そんなもんよ」

「大体、三途の川なんてものがあってたまるか。死が全ての終わりじゃなきゃ困る。死後の世界なんて要らない」

「じゃ、生きてる間くらい精一杯楽しもう」

そう言って、薫は彼女をベッドに誘った。ここは私の家なのにな、と少し可笑しく思ったが、彼女は薫の誘いに応じた。そうだ、私はまだ生きているのだ。こうして生を実感するのも、彼女には久しぶりな気がした。

二人は狭いシングルベッドに、向かい合わせで身を横たえた。薫は白皙な手を彼女の服の下に差し入れ、全身を愛撫し始めた。腹、腰、胸、背中。普段は絵筆を握っているであろう細長い指はまるで電流を帯びているかのようで、触られると痺れたような気持ち良さを感じる。もし怪我でもしたら、薫の指はどんな痛み止めよりも優れた特効薬になるだろう、と彼女は思った。

「リエちゃん、震えてるよ？　怖いの？」

「感電しちゃってるのよ。電流が全身を流れてる」

「心が通じ合っている証よ」

薫は手を彼女のブラジャーに潜らせ、乳首を優しく撫でた。思わず息を止め、両腕で薫をきつく抱き締めた。

「きついね」

「逃がさないためよ」

「どこにも逃げないよ。銀河の果てまで一緒に行くでしょ？」

薫の言葉を聞いて、彼女は微笑んだ。現実的には何の意味も無い、馬鹿げた戯言(たわごと)だと分かっていても、彼女は甘んじてそれに溺れようと思った。きっかけがどんな知的な閃きだとしても、恋の情念は理性の対極にある、どうしようもなく馬鹿馬鹿しいものなのだ。悲劇にこそ意味があるとすれば、恋の真最中に溺れる人間が目にするのは、純粋な滑稽さでできた喜劇の世界だ。そこに意味を求めてはならないと、彼女も心得ている。意味が無くても、喜劇を楽しめれば良いのではないか。

程なくして、薫は彼女の服を脱がせようとした。薫を泊めてあげると決めた時から、心の準備はできていた。しかし、上着を捲られた瞬間、彼女はびくっと一震えして、反射的に薫の動きを拒んだ。

「どうしたの？」

薫は少し吃驚したような声で訊いた。なんて説明すれば良いだろう。数秒間考えて、彼女は説明するのを諦めた。

「自分で、やるから」

自分で脱げば、さほど抵抗を感じずに裸になれた。薫は少し躊躇った後、自分も服を脱ぎ捨て、身体を彼女に重ねて、乳房に、首筋に、耳朶に口付けし始めた。薫の体重で少し息苦しく感じたが、これが幸せの重みだという馬鹿げた発想に、彼女は陶酔した。昼光色の光は情緒がないと思ったのか、薫はシーリングライトを消した。暗闇の中、彼女は薫が唇を重ねてくるのを感じた。その熱情に応えようと、有無を言わさない勢いで口腔に侵入してくる湿っぽい舌を、彼女は自分の舌で迎撃した。絡み合って死闘を繰り広げる二匹の蛇のように、二本の舌が互いに拮抗しながら舐め合った。同時に、薫は右手で彼女の全身を弄り続けた。体を這う五本の指に支配されたように、彼女は何度も息を荒らげた。二十六歳にもなって初めてこんな激情を経験したと思うと少し恥ずかしくもあるが、体の中枢から波のように湧いてくる痺れた感覚に酔い痴れ、彼女は恍惚として気を失いそうになり、瞼を閉じて、されるがままになった。

しかし、薫の指が恥部に近付こうとした瞬間、彼女はまたしても全身に戦慄が走った。薄れていたはずのあの夜の光景がまたもや鮮明に甦り、彼女は思わず薫の手を払い除けた。薫は動きを止めた。

「リエちゃん？」

薫は怪訝そうな声で彼女の名前を呼んだ。

気付けば涙が溢れ出て、枕を濡らしていた。薫も異変に気付いたようで、上体を起こし、電気を付けた。闇が一瞬にして姿を隠した。

「どうしたの？　大丈夫？」

薫は心配そうに訊いて、指で彼女の涙を拭った。

「ごめん……」

彼女は啜り泣きながら謝った。

「ごめんね……」

それしか言葉が出なかった。

薫は暫く考えてから、また彼女の隣で横になり、静かに肩を抱いて、

「もう、大丈夫だよ。今回はやめよう。ね？」

と、優しい声で慰めた。それに触発され、彼女は薫の胸に顔を埋めて、肩を震わせながら、

「ありがとう……」

と、咽んだ声で、何度も繰り返した。


その後も薫は彼女の家に泊まり続け、残りの連休を一緒に過ごした。薫の職場は一月五日まで休みだったので、彼女も薫に合わせて、五日まで休みを取っていた。ちょうど五日が彼女の誕生日なので、二人はケーキを買うことにした。飲み物に薫は赤ワインを買ったが、彼女はワインの渋味と苦味が苦手なので、コンビニでほろよいを買うことにした。十五センチのホールケーキを炬燵の上に置き、二人はグラスを交わした。カチン

と澄んだ音が心地良く鳴り響くと、彼女は子供の時によく耳にした歌を思い出した。

寄り添い合って浮世を奔放に生きよう
馬を走らせ華やかな人の世を楽しもう
杯を交わして胸の中の喜びを謳い合おう
青春の歳月を無駄にせず熱烈に生きよう

小学生の頃に中華圏を熱狂させたドラマ『還珠格格（還珠姫）』の挿入歌だ。歌詞で描かれる奔放不羈（ふき）な生き方には、今でも思い出すと憧れを感じる。特に曹操「短歌行」に出自を持つ「対酒当歌（杯を交わして歌い合おう）」という句に共感する。「対酒当歌（さけにたいしてはまさにうたうべし）、人生幾何（じんせいいくばくぞ）、譬如朝露（たとえばちょうろのごとし）、去日苦多（さりしひははなはだおおく）」。朝露（あさつゆ）の如くいつ果てるか分からないのが人生、だからこそ今を楽しまなければならない。酒は強くないけれど、そうした感慨だけは曹操に通じていると思った。しかし、この扶桑の国で、日本式の炬燵に入って、日本人の恋人と向かい合い、西洋風のグラスを交わしながら千八百年前の中国の詩人に思いを馳せるなど、考えるとかなり可笑しなことだ。その滑稽さに、彼女は思わず笑いを漏らした。

「何笑ってるの？」

と、薫は訊いた。

「いえ何でもない。思い出し笑い」

「何を思い出したの？」

「酒に対しては当に歌うべし」

「何それ？　変なの」

「そうだよ、こう見えて私は結構変人なの」

もし誰かと寄り添い合い、浮世を生き抜くのなら、その人は薫であってほしい、と彼女は思った。互いの抱えている全てを受け入れ合って、この生きるのも窮屈に感じるほど狭く、されど見たことの無い風景に溢れるほど広い世界を、春風に吹かれながら、あるいは秋月を眺めながら、歌を口吟(くちずさ)んで共に探索したい。そのためにも、自分の過去を薫に打ち明けなければならない。暗闇の中で孤独な独り舞いを繰り返すのは、そろそろ終わりにしようと思ったのだ。

大晦日の夜以来、彼女はずっと切り出すきっかけを探していたが、色々と考えを巡らした末、やはり二十七歳になったこの日が最も良いタイミングだと思った。薫なら、きっと彼女をそっと抱いて、耳元で「今まで大変だったね。もう、大丈夫だよ」と、囁いてくれるに違いない。

その考えが甘過ぎたことを悟るのに、さほど時間が要らなかった。ツタヤから借りてきた『リリイ・シュシュのすべて』を観終えた後の短い沈黙を狙って、私の物語も聞いてほしい、という言葉を前置きにして、彼女は薫に凭れ掛かり、静かに話し出した。あの夜の災難のこと、その後の暗黒の大学時代のこと。小雪との別れ、そして精神科のこと。思い出すことすら怖気付くそれらの記憶を甦らせ、改めて言葉にして語るのは、想像以上に精神力を消耗する作業だった。声を震わせながら、幾度も咽び入った。何時間も経ったかのように感じられ、やっと話にピリオドを打った。沈黙が再び空気を支配した。

「なんで今まで隠してたの？」

予想より遥かに冷やかな口調で放たれた薫の言葉に、彼女は耳を疑った。自分が責められていることを悟るのに数秒掛かった。全身が冷え込み、心臓が何かに締め付けられているように苦しかった。彼女は言葉が出ぬまま、ただ驚愕の目を薫に向けながら、言葉の続きを待つことしかできなかった。

「そっか、だから大晦日の時は……。こんなこと、もっと早く言うべきじゃなかったの?」

薫は怒鳴ったりせず、ただ淡々とした口調で彼女を問い詰めた。その一つ一つの単語が冷たく鋭い氷柱のように彼女の心に突き刺さった。何故もっと早く言うべきか、どれくらい早く言えば「早く言った」ことになるのか、彼女には分からない。人に出会う度に、自分はメンタル持ちで、しかもレイプの被害者であると自己紹介しなければならないとでも言うのだろうか。しかし、反論する余裕は彼女には無かった。

「ずっと黙ってきた……薫ちゃんにしか……特別な人、じゃないと……」

寒い。炬燵に入っていても、骨の髄まで凍り付いた感じがした。普段なら巧みに操っている日本語が全く機能しなくなり、彼女は断片的な言葉しか発せられなかった。声が少し掠れていた。

「それは欺瞞じゃないの? 疚しい気持ちがあるから隠してたんじゃないの?」

同じ温度の無い口調で言い放ち、薫は彼女を突き放して立ち上がった。彼女は薫を見上げた。視線が合った瞬間、彼女は体の重心を失い、どこまでも墜ちていくように感じた。心にぽかりと大きな穴が開いた。軽蔑に満ちた薫の眼差しは鋭い矢の如く、彼女の心を射貫いた。

「あんたとは付き合えない」

　薫は荷物をまとめると、玄関に向かって歩き出した。

「待って」

　彼女は全身の力を振り絞って、やっと言葉を成した。薫は歩を止めた。

「私を、捨てるの？」

　薫の方を見る勇気も無く、彼女は俯きながら、懸命に言葉を絞り出した。
灼熱の視線が体に灼き付くのを感じた。

「不誠実なんだから、自業自得よ」

　そう言って、薫は玄関のドアを開け、彼女の家から、そして彼女の人生から出ていった。ドアが閉まった音がした。時間が流れを止め、世界は身の毛がよだつほどの静寂に覆われた。自分の心拍の音が聞こえた。何故こいつはまだ搏動（はくどう）を続けられるのか。何故頭を斬り落とされた魚のように、ぴたりと跳躍を止めないのか。昼光灯の冷然とした光に照らされ、彼女は床に座ったまま、いつまでも茫然としていた。

12

七月三日（木）晴れのち曇り

二か月に一回の通院日。通院自体に意味があるかどうかは分からないが、台大医院（タイダーイーユエン）精神科の入っている赤い煉瓦（れんが）の旧病棟は嫌いじゃない。日本統治時代から残っているルネサンス風の主棟も中々壮麗だが、その左隣に静かに佇む精神科外来も、外の常徳街（チャンダージェー）と中山南路（ジョンシャンナンルー）の喧騒を忘れさせてくれる。診察室の外でいつも二、三時間待たされるが、窓から射し込む眩し過ぎない黄金色の日の光を浴びながら本を読んでいると、ここは病院で、自分は患者であることすら忘れる。窓の外では緑の芝生が広がっていた。

八月八日（金）午後ゲリラ雷雨

小雪が来る。大学合格者検索システムで調べたところ、楊皓雪という名前の隣に、はっきりと「国立台湾大学社会学科」と記載されていた。

小雪から連絡は来ていない。合格の吉報を寄越してくれても良いのに。無理もない。あれだけ小雪に酷いことを言い、傷付けたのだから、きっと私から遠く離れれば離れるほど良いと思っているのだろう。たとえ同じ大学にいても、私とは関わりたくないと思っているのだろう。現に私と別れた後、彼女はすぐ望みを叶えた。私と一緒にいたから駄目だったのだ。私達が愛し合ったことで、悲劇が生まれ、破滅が導かれた。あの夜が無くても、きっと私達は離れ離れになっていただろう。本質的に、私達は過ちを犯していたのだ。

九月十八日（木）曇り

新学年が始まって四日目。まだ科目登録修正期間だけど、必須だけで時間割はもういっぱいで、辛うじて中国文学科の『楚辞』と『現代小説選』を入れられたくらいだ。通院のせいで『楚辞』は最初の週から欠席だった。大人数の講義だし、最初の週は概要説明だけだろうから欠席しても特に問題は無いが、何だか落ち着かない気分だった。

今日に限らず、ここ数日間は何だかイラついている。新入生が入ってきて、キャンパスが急に狭く感じられた。昼休みの学食は常に人で溢れていて、その空気を吸っているだけで酸欠で頭が痛くなる。どこかに小雪がいるかもしれないと思うと、気が気でなくなる。

十月一日（水）雨

『日本語会話二』で助数詞の使い方の練習をした。先生は「皆さんは頭が良いので、子供を沢山産んで優秀な遺伝子を残しなさい」と言った後、一人ずつ当てて「○さんは子供が何人欲しいですか」や「子供を何人産みますか」と訊いて答えさせた。「趙さんは子供を何人産みますか」と訊かれた時は何と答えればいいか分からず、黙り込んでしまった。

十月三十一日（金）豪雨

陳先生の指示に従って日記を書き始めて半年経った。今更ながら、今まで書いた日記を読み返して気付いた。文章を書いている自分は、普段の自分じゃないみたいだ。まるで普段の狂乱の自分の魂から、僅かな理性の結晶を抽出して、その理性でもう一人の自分を創り、日記を綴っているような感じだ。お蔭で激しく起伏する感情にあまり影響を受けず、自分自身を理性的に分析できるような気がする。あるいはこれが陳先生の意図かもしれない。
しかし、日記が書けるのは比較的落ち着いている状態の時だけだ。それ以外の時は、自己壊滅的な絶望に陥るのでなければ、世界と一枚の厚いガラスを隔てて、何でも自分と無関係のように感じられる。

十一月五日（水）曇り
もう黙れよ！　一体あんた達に何が分かるんだ！　死ね！　死んでしまえ！

十一月七日（金）曇りのち晴れ
改めて水曜日の日記を読めば、自分の感情の起伏がどれほど激しいものかが分かる。
『日本語会話二』の授業で、またペアを組んで練習することになり、相変わらず相手がいなくて、一人で会話文を読み上げる羽目になった。授業が終わると早速教室を出たが、筆箱を忘れたことに気付いて取りに戻ったら、いつもつるんでいる女子の四人組がドアの近くで喋っていた。「いつも陰気臭い顔をしていて何様のつもり？」とか、「そんな昔のことでいつまで沈んでたら気が済むの？」とかが耳に入って、気が付いたら既に走り出していた。家に着くや否や、日記に呪詛の言葉を記入した。

しかしあの人達の言う通り。一体私はいつまで沈んでいれば救われるのだろうか。この底無しの暗闇の深淵で、一体いつまで痛みを堪え続けなければならないのだろうか。

十一月二十日（木）小雨

陳先生にカミングアウトした。今まではあの夜の災難について語ることはできたが、小雪との罪に言及するのをずっと拒んできた。しかし私ですら、レズビアン（ああ、この忌まわしい言葉）のことは問題の核心の一つであるという認識くらいは持っているのだから、陳先生が気付くのも、もとより時間の問題だったのだ。

「何か、隠し事があるんじゃないですか？」

私の目を見つめながら、陳先生はそう訊いた。

「いえ、特には」

と答えたが勿論、陳先生はそんな言葉では騙されない。

「どうしても言いたくなければ無理強いはしません。ただ、趙さんの自己否定の根源について考える時、それは非常に重要な手掛かりな気がするんです」

「レ……されたことは、自己否定の原因としては不十分だと仰るんですか？」

「そういう意味ではありません。ただ、それ以外にも何かあるでしょう？　恐らくとても重要なことです。自分のためにも、よく考えてみてください」

考えるまでもなかった。それが何なのか、私にはよく分かっている。どれくらい沈黙したか、やっと、

「女……しか、好きになれないんです」

と言った。それを口にした瞬間、過去の記憶がまた頭の中に雪崩れ込んだ。丹辰、そして小雪、あの夜の蛮行、男の暴言――

「なるほど。女しか好きになれない、ではなく、女が好き、と考えるようにしたら如何ですか？」

返す言葉が見つからなかった。

一月三十一日（土）晴れ

旧正月を機に一週間ほど帰省した。除夕夜（チューシーイエー）に、遠縁の親戚と思われる何人かの人と

食事を共にした。何でも、中国で商売をやっていて、年に一回しか台湾に帰ってこないらしい。私は彼等の名前すら知らないが、彼等は私のことをよく知っているみたいで、横目で私を見ながら、ひそひそと何か喋っていた。母がわざとらしく大きな声で笑ったり喋ったりしていたお蔭で、彼等の話の内容はほとんど聞こえなかった。

五月十一日（月）晴れのち曇り

お昼の時間に傅鐘（フージョン）[16]の前を通ったら、奇妙な光景に目を奪われ、思わず立ち止まった。行政大楼（シンジェンダーロー）の前の傅鐘と噴水の周りに、約百人の学生が集い、絶えずシュプレヒコールを上げていた。多くの学生が自転車を傍に置いており、数人の旗振り役が校旗を振っていた。耳を澄まして聞くと、どうやら「百大維新（バイダーウェーシン）！[17] 万衆一心（ワンジョンイーシン）！ 台大加油（タイダージャーヨウ）！」と叫んでいたらしい。「維新（ウェーシン）」という言葉の響きが妙に心地良かったので、思わず目を凝らして人の群れを眺めた。

すると、春の麗（うら）らかな日和の中で、一本の艶やかなポニーテールを後頭部で躍らせながら、声高にシュプレヒコールを上げる小雪の姿がはっきりと目に映った。その瞬間、ありとあらゆる音が潮のように引いていき、世界には私と小雪の二人しか存在しないかのように感じられた。それと同時に、私は確信した。小雪も私に気付いたのだ、と。彼女は視線を私に落とした。その視線は周りの沸き返る熱気の数百倍の熱さで、私の肌と心を灼いた。反射的に目を背け、傅鐘を離れた。小雪が追ってきてくれるのではないかと密かに期待していたが、それが私の一方的な願望に過ぎないと確信するのに、さほど時間は掛からなかった。

七月九日（木）豪雨

「趙さんは何も悪いことをしていないんです。自分を責めるのは止しなさい」

陳先生にそう言われるのは何度目だったのだろう。

もし先生の話が本当なら、もし私が本当に何も悪いことをしていないのなら、何故こ

(16) 傅鐘　台大の第四代総長・傅斯年を記念して建てた鐘楼。台大のシンボルの一つ。
(17) 百大維新　中国清末の「百日維新」をもじって行われた、台大内の学生運動。ここの描写はその運動の一環として、同じく清末の「公車上書」をもじって行われた「単車上書」である。「単車」は中国語では「自転車」の意。

んなに辛いのだろうか。

そう言えば、私も最初はそう思っていたのだった。自分は悪くない、悪いのはあの男だ、と。しかし、周りに飛び交う流言蜚語をずっと聞かされ、後ろ指を指され続けるうちに、いつの間にか私自身ですら、自分が何か悪いことをしたに違いない、そう信じかけていた。

このように陳先生に打ち明けたら、先生は、

「治療を始めてから一年半経ったし、それなりの効果はあったと思います。夏休みはじっくり休んで、新学期になったら勇気を持って、新しい一歩を踏み出してみたらどうですか?」

とアドバイスしてくれた。暫く頭がぼんやりしていて上手く言葉を発せられなかったが、その助言に込められた優しさに敗北し、思わず頷いた。

八月十日(月)雨

林文月『京都一年』を読んで、無性に京都に行きたくなった。

曾て台大中文科の教授であり、『源氏物語』の中国語訳も手掛けた林文月が『京都一

年』を書いたのは、一九六九年、訪問学者として京都大学を訪れた一年間だったが、私が読んだのは二〇〇七年出版の新々版だ。四十年の歳月があっという間に流れ去り、三十六歳だった作者もあっという間に八十近くになった。一九六九年に京都でできた親友も新世紀に入って間もなく亡くなり、作者が出したお悔やみの手紙も「該当者なし」の判子を押され返されたという。時間が全てを掻き消し、ただ文字だけが残った。

思い立ったが吉日。早速パスポートの期限を確認し、一人旅の計画を始めた。

八月十九日(水)快晴

京都の夏は暑くても、台湾ほどじめじめせず、程よく気持ち良い陽射しが町を遍く照らす。桜も紅葉も雪も無いこの季節の京都は、ある意味退屈かもしれない。そのためか、観光客もあまり見当たらないが、私にとっては寧ろ好都合だ。

銀閣寺を出て少し歩くと、哲学の道に着いた。四十年前に白川疎水通の近くに住んでいた林文月もよく哲学の道を散策し、川に棲息する鯉を眺めていただろう。その文章に導かれ、四十年後の私も同じ川に臨んでいる。何とも不思議な気持ちだ。

足の赴くままに哲学の道を散歩していると、「洗心橋」という石橋を見かけた。橋を渡ると、「法然院」の道標が目に入った。京都の法然院に谷崎潤一郎の墓があることをどこかで読んだのを思い出し、その不確かな記憶に唆され、法然院に続く坂道を進んだ。坂道の周りには樹木が沢山植わっており、濃密な木陰で一気に涼しくなった。暫く歩くと「不許葷辛酒肉入山門(くんしんしゅにくさんもんにいるをゆるさず)」の石碑と共に寺門が見え、その反対側に墓石の林立する墓苑があった。近くには誰もおらず、ただ蟬の時雨が響き渡るだけだった。

一頻り墓苑を徘徊すると、あの二つの墓石を見つけた。片方の墓石には「空」と、もう片方には「寂」と書いてあり、いずれも「潤一郎書」の落款(らっかん)があった。墓石を眺めながら暫く茫然としていた。七十九歳と長生きした作家が自分の人生に付けた脚注がこの二文字かと思うと、空しくも寂しくも感じた。では私は何歳まで生きていればいいのだろうか。

法然院の境内を漫ろ歩きすると、大きな網を張っている絡新婦(ジョロウグモ)を見かけた。近くに一四、枯れ葉の色をした見栄えのしない蝶が網に掛かっていた。蜘蛛の糸が銀色に光っていた。

八月二十六日(水)小雨

一週間の旅を終えて、台北に戻ってきた。

京都で過ごした一週間は心地良かった。人目を気にすることも、町の喧騒にイラつくことも無く、毎日爽やかな気分で朝を迎え、穏やかな心持ちで街を歩く。誰も知り合いのいない見ず知らずの地であんなにもリラックスできるとは、初めて分かった。

九月十六日（水）曇りのち雨

新学期三日目。夜に手話サークルの新歓イベントに行ってきた。

陳先生が言った「新しい一歩」とは何を意味するかは、少し考えれば分かる。私だって、自分の殻に閉じ籠もるのにもう嫌気が差した。このガラスの殻は私と世界を隔て、私に安心感をもたらしてくれる。人と必要以上の接点を持たなければ、必要以上に傷付くことも無い。しかし、殻の外の世界にもし私を受け入れてくれる居場所があるのなら、出てみたいとも思った。

取り敢えずサークルに行ってみることにした。台湾でサークル数が一番多いこの大学では、きっとどこかに私の居場所があるはずだ。日文科の人や小雪に鉢合わせするのが怖くて、入るサークルについて散々悩んだが、苦慮の末、手話サークルにした。音によらない言語を習得すれば、世界はまた広がるだろう。中々魅力的だ。手話だったら、いつもジャニーズやビジュアル系アイドルの追っかけばかりしている学科の連中も興味を持たなそうだ。

新歓イベントは綜合大楼（ゾンヘーダーロー）の一室で行われた。お菓子を摘まみながら、先輩（と言っても私の方が年上だったりする）が披露する手話ソングを鑑賞した後、実際に手話の先生に自己紹介の仕方を習った。先生は耳が不自由で、喋る言葉も聞き取りづらかったが、とても優しそうな三十代後半の男性だった。新歓の参加者は新入生がほとんどだが、私以外にも何人か三年生がいた。幸い歓迎する側にもされる側にも、日文科の人や顔見知りの人がいなかった。ここでなら、何とか人間関係を上手く展開できそうだ。そう思うと、久しぶりに胸の高鳴りを覚えた。

十月三十一日（土）　晴れ

夜。何となくＰＴＴ[18]を眺めていると、プライドパレードの写真が目に入り、ハッとした。

今日が年一回の台湾プライドパレードなのは知っていた。小雪はきっと参加しているに違いないということもまた、容易に予想できた。しかし、写真に写る小雪の姿を目の当たりにすると、やはり遣る瀬無い気持ちになった。写真の中の小雪は台湾同志熱線（台湾LGBTホットライン）の隊列にいて、左手はレインボーフラグを持っており、右手は同い年くらいの女の子の手を握っていた。彼女がホットラインの教育チームでボランティアをやっていることは前から知っていた。というのも、ホットラインがネットで出した広報に、「小雪」という名前がはっきり載っていたのだ。昔は私のためだけの呼び名だったのに、今や広報にまで使われているなんて、と、深く落ち込んだことは今でも記憶している。

小雪の傍を歩く女の子は、新しい恋人なのだろうか。不思議と嫉妬は感じなかった。私と別れて既に一年半経ったし、新しい恋人ができて当たり前だと、そんな理性めいた諦念のような思考が頭に浮かんだ。私が災難の記憶に縛り付けられている間でも、世界は回り続け、時間は流れ続ける。世界が進んでいるのに、立ち止まっているのは自分だけだ。

一年半前の私だったら、きっと堪え切れなかっただろう。私の精神状態が回復しつつ

(18) PTT　台湾最大のネット掲示板サイト。

ある証かもしれない。陳先生も言っていた。治療の効果があった、と。実際、手話サークルで何人か友達もできたし、普通の会話もできた。このまま上手く行けば、いつかは過去の呪縛から抜け出せるかもしれない。

十一月十二日（木）曇り

久しぶりに小説を書こうとしたが、上手く行かなかった。思うように言葉が出てこず、書いては消すを繰り返した。

そのことを陳先生に話したら、

「昔はどんな小説を書いていたんですか？」

と訊かれ、回答に困った。どんな小説を書いていたのだろう。それらの文字は一字一句、全て自分が書き綴ったもののはずだが、全て太古の昔のことのように感じられ、記憶はとっくに薄れていた。そもそも、「どんな」と訊かれて「こんな」と答えられるほど、小説というもの、書くということは単純じゃないはずだと思った。暫く考え込んでから、

「死についての小説です」

と、どうしようもなく平凡な答えを返した。しかし、陳先生はそうとは思っていないらしく、

「何故、そんな小説を書こうと思いましたか？」

と訊いた。またしても回答に困った。

「では、趙さんにとって、書くこととはどういうことですか？」

「自分との会話、心の深層への模索です」今回はすぐに答えられた。

「他に何か？」

「自己の表出」

「では、それらのことができなくなった、ということですか？」

「そうです」

「日記は書けますか？」

「書けます。ほとんど毎日書いています」

「でも小説は書けないんですね？　何かを怖がっているのではないでしょうか？」

私が何を怖がっているのか。本当はもう少し思索を掘り下げれば、答えには容易に辿り着けたはずだ。日記には読者がいないから、他人の目線を気にする必要は無い。でも

小説は違う。読まれるために書かれるものだから、書く時が孤独でも、そこには必ず他人の目線が介入してくる。それが耐えられなかった。つまり私は、自分の内心を曝け出すのが怖かったのだ。

「書けないということは、それだけ書くことが趙さんにとって大事だって証拠でしょう。いつか、きっとまた書けるようになると思いますよ」と陳先生が言った。

「いつかというのは、いつなんですか？」

「さあ……」

陳先生は珍しく困った表情をして立ち上がり、窓の外を見遣った。

「いつかが分からないからこそ、いつかですよ……焦らずに行きましょう」

十一月二十五日（水）冷雨

余華『活著』を読んで、脈絡も無く「生きよう！」と思った。天無絶人之路。生きようと思えば、生きていけるはずだ。

一月一日（金）晴れ

手話サークルの友達の小竹（シャウジュー）、琬蓉（ワンジョン）、承傑（チェンジェー）と一緒に101の年越しパーティーに行ってきた。七時過ぎには会場の市民広場に着いたが、既に人山人海（黒山の人集り）だった。辛うじてステージが見える場所を確保して、そのまま五時間突っ立った。零時近く、会場に響き渡るカウントダウンの声の後に轟いたのは「ハッピーニューイヤー」の歓声と、101ビルから噴き出た色鮮やかな年越し花火だった。花火が炸裂した瞬間、ふと去年の年越しの情景が頭に浮かんだ。たしか、どこにも出掛ける気が無く、おまけに風邪を引いていたから、寝込んだまま新年を迎えたな。

カウントダウンの後は人混みのせいで中々バスと地下鉄に乗れなかったから、思い切って承傑の住んでいる台大第三男子寮まで歩いた。一時間半かかったが、雑談しながらだと意外と短く感じた。承傑のルームメイトは誰もいなかったから、私達は部屋を独占し、夜食を食べながらトランプをしたり手話を練習したりして盛り上がった。午前四時には流石に疲れが回ってきて、四人でジョイントマットが敷かれた床に雑魚寝することになった。

世間で言う「大学生活」とは、ざっとこんな感じなのだろうか。私にもこんな経験ができるなんて、一、二年生の時には想像だにしなかった。

来週から期末試験とレポートの波だ。

一月五日（火）曇り

五、六限の『日本語学概論』が終わった後、急に電話で小竹に呼び出された。約束した空き教室に着くと、待ち伏せしていた琬蓉、承傑など手話サークルのメンバー十人くらいが突然現れ、バースデーソングを歌い出した。小竹が代表してプレゼントと寄せ書きを渡してくれた。誕生日サプライズなのは予想していたが、これほど盛大にやってもらえるとは思わなかった。思わず涙ぐんだ。素直に嬉しかった。

一月十四日（木）雨

期末試験の最後の科目が終わり、急いで大学を出て、病院に行った。サークルの人間関係について話したら、陳先生は満足げに微笑んだ。その微笑みに励まされて、私は思わず訊いた。

「そろそろ、完治も近いんじゃないでしょうか？」

先生は肯定も否定もせず、

「完治とは、何だと思いますか？」
と訊き返した。返答に困った私が暫く沈黙すると、先生は話し続けた。
「では宿題としましょう。完治とはどんな状態か。近い未来に迎えるであろう通院を終えたその日をイメージしながら、考えてみてください」

一月二十二日（金）曇り
完治とはどんな状態か。それを上手く言葉で表現できない。というより、考え自体が全くまとまっていない気がする。ただ単に「人並みの普通の生活ができる」だけではない気がする。もっと内面的なこと、精神状態に関することに触れなければ。とはいえ、身体的であれ精神的であれ、流石に「災難」の前の状態に戻りたいなんて贅沢は言わない。「災難」は一生付き纏う烙印。それを無かったことにはできない。

一月三十一日（日）雨
四日間の手話サークル冬期合宿を終え、台北に戻ってきた。手話サークルは毎年冬休みと夏休みに一回ずつ合宿をするのだが、今回は清華大学の手話サークルと合同開催で、場所も新竹だった。三泊四日のプログラムは、ゲームを始め、手話の集中講義、手話劇や手話ソングのパフォーマンス、聾学校の高校生との交流会などと、盛り沢山だった。

「迎梅は、楽しいの？」

二日目の夜の自由時間。私と小竹はキャンプファイヤーの近くで座り、周りで踊ったり雑談したりする人達を眺めながら、風で冷えた体を暖めていた。その時、小竹は何の脈絡も無く私に問い掛けた。

「楽しいよ？　なんで？」

「迎梅は、時々寂しそうな顔するから。何か、厚い壁を感じるの。氷か何かでできているような」

「考え過ぎだよ」

何とか笑いながら誤魔化したが、小竹の話は胸中で木霊した。心臓を締め付けられるように苦しかった。厚い壁のようなもの。それを感じさせている間は、まだ完治とは言えないだろう。

三月十八日（木）晴れ

「忘却、だと思います」私は陳先生に言った。

「何の話でしょうか？」陳先生は穏やかに笑いながら聞き返した。

「完治のことです」私は答えた。「状態、というか……終点です。『災難』の事実そのものを消し去ることが不可能だとしても、傷を忘れることで、回復できるのではないかと思います。いつか……あのことを忘れられれば」

僅か一瞬ではあったが、陳先生の顔に困惑した表情が浮かんだのを、私は見逃さなかった。すぐに穏やかな微笑みを浮かべ直したが、暫くは言葉を探していた様子だった。五秒か、十秒か、それとももっと長い時間が経ってからか、やっと陳先生は再び口を開いた。

「趙さんは、完全に忘れることができると思いますか？」

「綺麗さっぱりとは行かなくても、なるべく思い出さないようにすることはできると思います」

「できるなら、それも一つのアプローチでしょう」

そう言う陳先生の声は明らかに納得していなかったので、私は訊いた。

「陳先生はどう思いますか？」

「そうですね……」陳先生は考えながら話した。「人間の記憶は難しいものだからね……どうしても思い出せないこともあれば、どうしても忘れられないこともあります。とにかく、あまり記憶に頼り過ぎない方が良いというのが、私の意見ですね。何かを覚える時も、何かを忘れる時も」

陳先生は少し間を置いて、再び話した。「『忘却』も良いですが、『和解』という言葉についても、考えてみては如何ですか?」

五月二十六日(水)曇り

駄目だ。この狭い世界、生きるのも苦しい。必死に頑張ってやっと手に入れたものなのに、また失うというのか? いっそのこと遠くへ逃げたい。この島は地獄だ。

五月二十七日(木)雨

授業は全てサボった。目が覚めて、今日診察を予約していたことをふと思い出して、慌てて窓の方を見ると、外は既に真っ暗だった。降り頻る雨の粒が絶えず窓ガラスを叩き、何か乱暴な交響曲のように聞こえた。時計を眺めると、夜九時を回ったところだった。

六月二十六日（土）午後ゲリラ雷雨

期末試験週間の終わりと共に、また一学年が終わりを告げた。

夕方に手話サークルで期末試験の打ち上げがあったが、行かなかった。サークルにはもう一か月ほど顔を出していない。午後に小竹から電話が二通掛かってきたが、どちらも出るべきかどうか迷っているうちに切れた。

七月八日（木）午後ゲリラ雷雨

この島から出ていきたいという想念は頭から離れない。忌々しい過去の記憶をこの島に置き去りにして、誰も知らない場所で、新しい人生を始めたい。

ここ二週間はずっと東京の大学院入試情報を調べている。あの一千万人を擁する大都会なら、私の居場所くらいはあるはずだ。ちょうど都内の有名私大の文学研究科に、かなり良い条件の奨学金を提供して、日本漢文学と日中比較文学専攻の大学院生を募集しているコースがあった。入試の過去問を読んでみたところ、七割くらいは解けそうだった。

八月十九日（木）晴れ

五か月ぶりに陳先生に会った。大学を卒業したら日本に行くと伝えたら、なんで急に？　と訊かれたので、手話サークルと小竹の一件を話した。

「それは逃げではないでしょうか？」話を聞いた後、先生は言った。

「はい、逃げです」と、私は言った。逃げるなら徹底的に逃げたいので、名前も変える、と付け加えた。

「それは、『忘却』のためですか？」

「『忘却』ができなくても、せめて『訣別』はしたいです」

「前回、『和解』について考えてほしいと言いましたが、考えてくれましたか？」

「はい。要は、過去の傷を人生の一部として受け入れて、それと和解してほしい、ということでしょう？」

「趙さんは頭が良いですね」

「理解するのと、実際できるのとは違うのですが」

先生は暫く考え込んでから言った。

「趙さんが本当にそうしたいのなら、私は止めません。日本に行ったら、何か新しい転機を見つけられる可能性も否定できません。しかし、台湾から逃げ出すことはできても、人生からは逃げられない。趙さんもよく分かっているはずです」

「いえ、人生から逃げられないとは思っていません。方法はあります」

「その方法は、精神科医としてはあまりお奨めできないのですが」

陳先生は苦笑しながら言った。

八月二十五日（水）台風

台風のせいで大雨が続き、今日で三日目だ。

新しい名前を考えた。どうせなら、日中両用のものが良いと思い、漢字辞書から人名辞典、名前生成器まで参考にして、やっと決めた。趙紀恵。「紀恵」なら、中国語では紀恵(ジーホイ)と読めるし、日本語では紀恵(のりえ)と読める。

八月三十日（月）晴れ

役所で名前変更届を出してきた。学生証も交換する必要があるから、どうせなら新学期が始まる前に手続きを済ませたかったのだ。

「趙紀恵」と記載されている新しい身分証を眺めていると、不思議な気持ちになった。これで「趙迎梅」という人間は世界から消え、「趙紀恵」という人間が新たに誕生したのだ。

「趙迎梅」。ノートに何度もこの名前を書いた。声に出してその響きをなぞった。趙迎梅（ジャウインメー）。「梅を迎える」。響きも良いし、意味も素敵。本当はこの名前は嫌いじゃないのだが、仕方の無いことだ。雪がとっくに消えたのだから、梅ばかり残っていても意味は無い。思えば梅の花も雪も、この目で実際に見たことは無い。梅も雪も、私にとっては空想だけの存在なのだ。

九月十三日（月）曇り
新学期初日。四年生は必須科目が少なく、今日は趣味で取った『詩経』しか授業が無かった。午後は特にやることが無く、退屈凌ぎで今まで書いた日記を読み返すと、五月二十六日の夜のことはどこにも書いていないことに気付いた。

既に四か月経つから、具体的な会話ははっきり覚えていないが、あの日はいつもの水曜日と同様に綜合大楼でサークル活動に参加していた。サークルが終わったのは九時半頃、例によって有志で夜食を食べに行こうということになった。私も参加しようと思ったが、小竹に呼び止められ、話したいことがあるからちょっと散歩しない？　と誘われた。

五月の夜は暑過ぎず、程良い涼風に吹かれながらキャンパスを散歩するのが心地良かった。満月に近い朧月を浴びながら、小椰林道（シャウイェーリンダウ）、桃花心木道（タウホアシンムーダウ）を辿り、裏門に繋がる楓香道（フェンシャンダウ）に出た。

「こんなこと言って良いかどうか分からないけど……私、迎梅の力になりたいと思う」

総図書館の後ろの芝生が見えてきた頃、小竹はそう言った。

不吉な予感はしたけど、私は見当の付かない振りをして訊いた。

「何のこと？」

「知ってしまったの。迎梅にあったこと」小竹は私の顔を見つめながら言った。予感が的中したのだ。

「どこから聞いたの？」取り乱すまいと努めたが、声が少し震えていたのは自分でも感じられた。

「それは……」小竹は話すべきかどうか逡巡していた様子だったが、やっと心を決めたようで、「サークルの人はほとんど知っていると思う。私はいつかの食事会で偶然聞いただけだけど、最初の情報源は誰なのか、私にも分からない……」と言った。

私が黙り込むと、小竹は慌てて付け加えた。「でも、みんなは面白がって言っているわけじゃないと思う。何かしら配慮をするために——」

その後の小竹の言葉は全く耳に入らなかった。こんがらがる頭に鮮明に浮かんだのは、一年生の時の、あの雀斑の同期の女子の顔だった。あんな独り善がりの同情心が、私の一番怖いものなのだ。小竹はそうだとは思えないし、思いたくもない。だけど、そう言い切れるほど、私は本当に彼女を理解していたのだろうか？

「ありがとう。少し、一人で考えさせて」そのような言葉を口にして、私は踵を返して、小竹の視線を背中に感じながら帰途に着いた。

何故知られてしまったのだろう。誰が情報を流したのだろう。学科の人、昔のルームメイト、高校の同級生。可能性が多過ぎるから考えるだけ無意味だと分かっていても、つい考えてしまう。授業に出た時も、隣に座っている知らない人も私のことを知っているのではないかと疑心暗鬼になる。大学内を歩いているとみんな私を蔑んだ目で見ているような気がする。私の与(あずか)り知らないところで「災難」のことが話のネタになり、どっと笑いを引き起こす光景まで想像してしまう。

ここに居続ければ私はいつまでもそんな想像に苛まれるに違いない。実際悪意を向けられたわけではないとしても、そんな想像はどうしても駆除できなかった。あるいは私が怖がっているのは他人の悪意ではなく、「災難」を知られること自体なのかもしれない。真っ白な服についた醤油のシミが広がると落としにくくなるように、「災難」のことを知っている人が多ければ多いほど、その存在を否定するのが難しくなる。そう思ってしまうほど、私は「災難」の存在を否定したかったのだ。和解や共存などできるはずが無い。

13

日記をここまで読んで、彼女は考えた。あの曇りの九月十三日からまた六年経った今、あれほど藻掻いて拒絶しようとした「災難」と和解できたのだろうか。結末こそ悲惨だけれど、少なくとも薫には打ち明けられた。自分の傷を自ら曝け出したのは、あれが最初で、恐らく最後になるだろう。あれが一種の「和解」の試みだとすれば、結果的に完全に失敗したのだ。

幸い五月のパレード以来、薫と巡り会うことは無かった。もとよりネットでできた繋がりだから、その気になればいとも簡単に断ち切れる。

「私、結婚が決まったの」

冬に差し掛かる頃、絵梨香は彼女にそう伝えた。

彼女と薫とは違い、絵梨香と岡部の縁は切れるどころか、益々強固なものになっていった。岡部の実家訪問が上手く行き、今度はお盆休みに北海道にある絵梨香の実家を訪ねた。こちらもことが上手く運んだらしく、二人は十月には婚約を結び、十一月には両家顔合わせが行われた。式は来年三月に挙げるとのことで、彼女も披露宴に招待された。

招待状を眺めながら、彼女は戸惑った。雪のように白い返信用葉書すら、幸せな香りを漂わせていた。それらが入った封筒を渡してくれた時の絵梨香の微笑みもまた幸せそのものだった。そんな純粋な幸福の場に、自分が参加して良いものだろうか。

突如、携帯が鳴り出した。思考を断ち切られ、彼女は携帯を手に取った。

「もしもし？　小恵？」

携帯から伝わってきたしょちゃんの声には普段の爽やかさが見当たらない。どこか焦っているような声色だった。

「今から、こっちに来れる？」

彼女は壁に懸かっている時計に目を遣った。針は既に夜十時を回っていた。

最寄り駅の荻窪には三十分くらいで着いたが、しょちゃんの家はそこから更に十五分歩かなければならなかった。駅で合流したしょちゃんは明らかに何かに怯えているようで、頻りに周りを気にしていた。

「彼女はここには付いてきてないようだね」

人通りが少ない夜十一時過ぎの駅前を見渡しながら、彼女は言った。会話に出てきた「彼女」とは、しょちゃんが来日する前に台湾で付き合っていた恋人のことだ。ＳＮＳを通じてしょちゃんがアキと付き合っていることを知り、なんと日本に渡ってきて、しょちゃんにストーキングしているらしい。しょちゃんはもとより大雑把な性格で、プライバシーをあまり気にせず、SNSでどんどん位置情報を上げていたから、家と学校の住所はすぐ特定されたという。しょちゃんは何度も直談判をし、ストーキングを止めるように説いたが、効果は無かった。

「幸い、アキはプライバシーにかなり用心深い性格だから、特定されなかった」

そう語るしょちゃんの表情は憔悴し切っていた。ストーキングされることで溜まった精神的なストレスがどれほどのものか見て取れる。それでもしょちゃんは他人に頼ろうとせず、ストーキングのことは誰にも言わなかった。

「彼女の気持ちを考えず、自分の人生のためだけに一人で日本にやってきたのだから。全て彼女のせいにするわけにはいかないし、自分で何とかしなければならないと思ったんだ」

しかし、ストーカー行為は極端にエスカレートしていった。一昨々日(さきおととい)の十二月一日はしょちゃんの誕生日だったから、しょちゃんとアキは誕生日祝いを兼ねて二人で静岡県に三泊旅行に出掛けた。旅行を終えて東京に帰ってきたしょちゃんが家のメールボックスを開けると、中には血を染み付かせた手紙と、一束の髪の毛と、切り落とされた小指の先が入っていた。手紙に「誕生日おめでとう。私からのプレゼントよ」と書いてあった。流石にしょちゃんも取り乱して、部屋に戻るや否や彼女に連絡したのであった。

入り組んだ薄暗い路地を何度も曲がり、やっと辿り着いたしょちゃんの部屋は、築三十五年の古いアパートの三階の一室だった。部屋は二十平米くらいで、居間は六畳の和室、浴室もユニットバスではなく、タイル貼りの床にステンレスの浴槽という古いタイプのものだった。勿論オートロックやエレベーターは無く、その気になれば誰でも三階に上がれる。

「セキュリティも屁も無い部屋だね」彼女は率直な感想を言った。

「なるべく家賃を抑えようと思って……」しょちゃんは恥ずかしそうに言った。

「なら窓くらいは閉めておくんだね」彼女は開けっ放しの窓を閉めて、鍵を掛けた。

「自分の置かれている状況くらい把握しとこうね」と呆れながら付け加えた。

しょちゃんが座布団を出してくれるのを暫く待ったが、しょちゃんは座布団を使わず直接畳の上に体育座りしたので、彼女も畳に腰を掛けた。

「で、本当に通報するの？　元カノを警察に突き出す？」と彼女は訊いた。

しょちゃんが彼女を呼んだ理由もそれだった。こともことだし、しょちゃんの日本語力ではとても警察に詳しい事情を説明できそうにない。第一、同性のストーカーというものは既に警察の常識の範疇を超えているだろう。伝え方を間違えば、嘘吐きか悪戯だと思われて一蹴されかねないのだ。

「通報というか、警察に相談したい……」

案の定、しょちゃんは躊躇っていた。彼女は内心で溜息を吐いた。海を渡ってまで追い掛けてくる人の執着心は並大抵のものではあるまい。況してや小指の先をプレゼントとして投函してくるわけだから、身の安全が脅かされていると判断すべきところだろう。

しょちゃんの元カノの気持ちは分からなくもない。突如出口を失った愛欲は、胸の内に日々虚しく溜まっていく。海に流れ込めない河川に、土砂ばかりが堆積していくのと同じだ。愛欲はやがて破壊の刃に転化し、敵味方問わず切り刻んでいく。彼女もそうした状態を経験したことがある。だから、行く先を失った愛欲の激流がどんな破滅の結末を指向するか心得ている。それを回避するためには、古い情念を切り捨てて冷酷にならなければならないということも、痛いほど分かっている。しかし、付き合った相手に情を掛けずにはいられないところもまた、しょちゃんの魅力なのかもしれない。

「どっちみち、警察には連絡するでしょ？」

彼女は部屋を見渡しながら訊いた。しょちゃんの部屋を訪れるのは初めてだった。部屋には小さなクローゼットと、数冊の日本語教科書と就活本が並んでいるカラーボックスと、寝るための布団があるだけで、それ以外はガランとしていた。「元カノの写真、持ってる？」

「ここに入ってる」

しょちゃんはスマホを見せながら言った。

「じゃ交番に行こうか。事情を説明すれば、パトロール強化くらいはしてくれるはずよ」

と、彼女は言いながら立ち上がった。

一番近い交番はしょちゃんの家から徒歩十五分のところにあった。深夜の凍て付いた空気に二人は思わず肩を窄(すぼ)めた。道中もしょちゃんは絶えず周囲を見回していた。こんなにピリピリしているしょちゃんは珍しいと思いながら、彼女も片時も警戒心を緩めなかった。

交番には三十代後半に見える男性の警官が二人いた。彼女はまずことの大枠を説明し、その後は警官の質問としょちゃんの答えを通訳した。ストーカー被害と聞いて、二人の警官は最初は中々耳を傾けようとしなかったが、メールボックスに投函された手紙と髪と指の先を見せた途端に真剣になり、被害届の提出を奨めてきた。しょちゃんは最初は被害届を出すことに抵抗を感じていたが、被害届は告訴ではないし、処罰にも直結しないとの説明を聞いて、やっと決心した。彼女はしょちゃんが中国語で口述した内容を日本語に訳し、代わりに書類を作成した。

一週間後、ある日の夕方。しょちゃんから電話が掛かり、今元カノと交番にいるんだけど来てくれないかと頼まれた。彼女は急いで仕事を切り上げて荻窪に向かった。

交番では例の二人の警官と、しょちゃんと、しょちゃんの元カノと思しき女性が待っていた。二十代後半に見えるその女性は、淡い紫色のダウンジャケットにジーンズを穿いていた。腰まで覆う黒髪は艶が無く、乾燥のせいで毛先が乱雑に跳ねているが、目の周りの隈を気にしなければ、眉目は端正な方だし、清潔感を保っていれば美人とすら言える顔立ちだった。四人ともパイプ椅子に座っており、警官はパソコンに向かってキーボードを叩いていて、しょちゃんはスマホを弄っていた。女性は視線が定まらず、左顧右眄していた。モニターを見つめる警官の背中をこっそり見ているかと思えば、次の瞬間にはしょちゃんの方に目を向けていた。また時には机の上（そこには台湾の深緑色のパスポートが置いてあった）に目を遣り、時には自分の両手（左手の小指には白い包帯が幾重にも巻かれていた）を見下ろした。そのためか、彼女が着いたことに最初に気付いたのは、その女性だった。

「お待たせしました」

女性の驚愕した視線が自分に貼り付くのを無視し、彼女は礼儀正しく警官に挨拶した。そしてしょちゃんにも声を掛けた。「お待たせ」

話を聞いたところ、しょちゃんが学校から帰宅した際に、家の近くを徘徊していた元カノに気付き、急いで交番に電話したようだ。被害届は既に出していたから、しょちゃんの覚束ない日本語を以てしても、「彼女」「ストーカー」といった単語だけで警官が事態を把握し、駆け付けたという。だが流石に事情聴取では、日本語が全く通じないその女性に警官もお手上げで、そこで事情を知っている彼女が呼ばれたわけだ。

彼女の通訳の下で、事情聴取が行われた。女性の名前は陳翊萱（チェンイーシェン）で、しょちゃんとは三年間付き合っていた。元々しょちゃんの来日には反対していたし、一年以上経っても、しょちゃんはいずれジャパン・ドリームを断念し、自分の傍に戻ってくれると信じていたらしい。それ故に、しょちゃんに新しい恋人ができたことを知った時の衝撃は大きかったそうだ。

「生きるための支柱が跡形も無く崩れ去り、これからは何を頼りに生きていけば良いか分からなかった。目の前が真っ暗になったの。やっと思考を取り戻した瞬間、頭に入ってきたのは、今ならまだ世界の崩壊が阻止できる、私が止めてあげなければならない、という考えだった」翊萱は伏し目になりながら語った。「書柔と新しい恋人のあのツーショットは、書柔を失ったということを、何よりも鮮明な形で、既成事実として押し付けてきた。世界の崩壊と同義だったその事実に押し潰されないために、私は必死に抵抗するしかなかった」

日本に渡り、しょちゃんに自分の愛情を示すのが、彼女の「抵抗」だった。ただ、三か月間の在留期間も残り僅かとなり、焦った挙句、衝動に駆られて小指の先を切るという行動に出たのだという。

翊萱の語りには抽象的な言葉と比喩表現が大量に織り交ぜられており、彼女は通訳するのに一苦労した。そして、通訳しているうちに、置き去りにされた気持ちを痛切に訴える翊萱を、小雪と別れたばかりの頃の自分に思わず重ねて、何度か同情しかけた。

しょちゃんが口を挟んできた。

「傷付けて本当にごめん。でも、貴女にとって、世界を維持するためには崩壊を阻止しなければならないかもしれないけど、私にとって、一度徹底的に打ち壊してから再構築することが、世界を維持するための唯一の手段だったんだ。台北で過ごしていた日々は、私という人間を内側から蝕んでいた。鉄が錆びるのと同じだよ。普段は錆びる過程など全く気にしないけど、気が付いたら錆びの範囲は既に不可逆的に広がってしまっていた。貴女が悪かったわけではない。私達の、生における志向性が違うだけだ」

こんなに真面目に話をするしょちゃんが珍しく、思わず見入っていると、その視線を感じ取ったのか、しょちゃんも彼女を見返した。そして思い出したように、「あ、今の話は通訳しなくて良いから」と照れながら付け加えた。

しょちゃんの話を聞いた翊萱は一頻りしょちゃんを凝視してから、こう訊いた。

「本当に、もう台湾には帰ってこないの？」

「さあ。仕事が見つからなかったら帰るかもしれないし、見つかったところで日本に骨を埋めるとも限らない」そう前置きして、しょちゃんはきっぱりと続けた。「でも、いずれにしても、過去のことはもう過去だし、振り返る余地は無い。未来のことはまだ分からない。そして、私は今を生きたい。今の私にとって大事なのは、日本で生きているという事実と、私の傍にいてくれている現カノ。それを分かってほしい」

それを聞いて、翊萱はやっと何かを受け入れたようで、再び俯いた。中国語が分からない二人の警察官も、二人が込み入った話をしているのを悟っているらしく、ただ静かに待っていた。

その後、翊萱は警官から口頭注意を受け、ストーキングはもうしない旨の誓約書にサインをして、事情聴取が終わった。彼女としょちゃんが先に交番を出た。

「趙迎梅(ジャウインメー)」

去り際に、背後から翊萱の声が聞こえてきて、彼女は反射的に振り向いた。

翊萱はパイプ椅子に座ったまま、彼女を見つめていた。その目は底知れずの湖のように、冷たく昏い光を静かに放っていた。彼女は思わず身震いした。

中国語を分からない警官は勿論、しょちゃんも全く見当が付かない様子で、

「誰?」

と、疑問の目線を彼女に向けた。

彼女は交番に着いた時に翊萱から投げ掛けられた驚愕の視線を思い出した。

帰り道で、彼女はしょちゃんに訊かずにはいられなかった。

「翊萱って、前の話では、たしか東呉大学だったよね？　小書と同じで」

「そうだよ。学年も一緒」

しょちゃんはさも一件落着としていて、足取りも軽やかで、颯爽と笑っていた。

「そう言えば私達、同い年だったっけ？　てことは、翊萱も小恵と同い年だね」

「じゃ、彼女の高校はどこだったか、覚えてる？」

「覚えてるよ。台中女中。私が見たいって言ったから、あの緑の制服を着て見せてくれたこともあるもん」

頭の中で白い閃光が走り、胸が詰まるのを感じた。言葉は何一つ浮かばない。そんな彼女の変化に全く気付かず、しょちゃんは歩きながら、寒空に向かって口笛を吹き始めた。

14

翊萱は彼女を知っていた。趙紀恵（ジャウジーホイ）ではなく、趙迎梅（ジャウインメー）として。

その事実を思い出す度に、彼女は居ても立っても居られなくなった。胸の辺りに何か大きな塊がつっかえていて、息をするのも苦しく感じた。

翊萱は彼女を恨んでいるのだろうか。彼女は何度もあの冷たい眼差しを脳裏でなぞり、そこに隠されている感情を探ろうとした。深い湖の底から辛うじて掬い上げた感情のようなものに敢えて名前を与えるのなら、「万念倶灰（ばんねんともにはいとなる）」という中国語の成語以外に相応しい言葉は無いように思えた。

形の無い不安とは無関係に、年の瀬が迫るにつれ、彼女も押し寄せる日常の波に没頭した。年末の繁忙期を何とかやり過ごし、お正月の連休に突入した瞬間の爽快感は、そんな不安をも忘れさせるくらいのものだった。

三週間後、連休明けの職場。朝、オフィスに入った瞬間、彼女はある種の異様な空気を感じ取った。席にいる人は誰も彼女のことを気にしておらず、それぞれパソコンに向かってキーボードを叩いたり、新聞を読んだりしていたが、それにしても気にしなさ過ぎたのだ。まるで意識的に彼女が入ってきたことに気付かなかった振りをしているように感じられた。

「おはようございます」

と、いつも通り挨拶をしてはじめて、同僚達は彼女に視線を向け、挨拶を返した。挨拶の仕方から声の大きさや表情まで、何一つ普段と大して変わらないのだが、彼女は普段とは違う些細な何かを感じ取った。喩えるならば、空気の匂いや、太陽光の入射角、空中に浮遊する微粒子のようなものだ。気付き難く、名状し難い変化だったが、彼女の神経に障るのに充分だった。不吉な予感で速まる動悸を抑え、彼女は席に着き、パソコンを立ち上げた。

異様な空気の正体が分かったのは、その日の夕方だった。仕事を片付けて帰ろうとしたところ、外出先から職場に戻ってきた絵梨香に呼び止められた。絵梨香が彼女に声を掛けた瞬間、岡部も一瞬彼女の方をちらっと見たことを、彼女は見逃さなかった。

「どうしたの？」

会議室に入り、二人きりになると、彼女は絵梨香に訊いた。

「紀恵ちゃんに言わなきゃと思って……もう知ってるかもだけど」

絵梨香はスマホを取り出して、何かのアプリを開いて見せた。「これ、昨日の夜に届いたの」

絵梨香から差し出されたスマホを受け取り、彼女は画面を覗き込んだ。それは世界最大級の実名制SNSアプリで、表示されているのはメッセージの受信画面だった。


趙紀恵の本名は趙迎梅です。

彼女がレズビアンである、高校でガールフレンドを持っていました。

高校卒業後、彼女はレイプされていました。

彼女は重度のうつ病を持っていた、精神科を見てきました。

彼女のエリートの外観にだまされてはいけません。


カチンと、世界の砕ける音が聞こえたような気がした。氷を熱湯に入れるような音。

明らかに機械翻訳で作った文章にもかかわらず、肝心な情報だけが無駄に正確に伝えられているのだ。それらの機械的な文字に体の重心を奪われ、彼女は虚空をどこまでも墜落していくのを感じた。目が眩み、耳鳴りがし、呼吸の仕方すら忘れんばかりになるほど苦しかった。

しかし不思議と、墜落していく自分とは別に、理性の方の自分は高みから全局を俯瞰し、冷徹に状況を分析していた。発信元のアカウントはプロフィールが一切設定されていない、見るからに使い捨て用に登録したものだが、彼女の高校時代を知っている点、そして日本語ができず機械翻訳を使っているという点から考えれば、これは翊萱の仕業だと判断してまず間違いないだろう。恐らく翊萱は事情聴取の日に彼女の現在の名前を知り、それで彼女のSNSページを特定したのだろう。あとは機械翻訳で日本語の文章を作り、SNS上で彼女と繋がっている、名前が日本人に見える人に片っ端から無差別に送り付ければいい。

「岡部さんのところには？」

彼女は絵梨香に訊いた。動揺を悟られまいと平静を装い、声のトーンを平坦に保とうとした。それでも、この一言だけで喉が渇き切ったのを感じた。これ以上一音でも発すれば、声帯を痛めてしまいそうだ。

「武のところにも届いた」絵梨香は気遣わしげな表情を浮かべながら答えた。結婚が決まって以来、絵梨香は彼女の前でも武と呼び捨てにするのを憚らなくなった。「武にはちゃんと削除するようにと言っておいたけど、由佳ちゃんのところにも届いたらしい。昨日由佳ちゃんから電話があったの。変なメッセージが届いてないかって」

他に誰が受け取ったの？　そう訊こうとしたが、声が出なかった。恐らく推測が的中したのだ。そのSNSで彼女と繋がっている日本人のほぼ全員が受け取ったのだろう。同じ部署の人は勿論、仲の良い同期や、セクマイ界隈の友人にも、彼女の過去が知れ渡っているに違いない。

彼女は今朝覚えた違和感と、先程の岡部の視線を思い出した。恐らく彼女を軽蔑していたわけではない。真偽の如何は解せなくとも、本来知るはずも無い情報を受け取ってしまったが故に、自然に振る舞うことができなくなっただけだったのだろう。

彼女は恐怖が身体の奥底から湧いてくるのを感じた。自分の知らない場所で「災難」のことが酒の肴として取り上げられ、あれこれ陰口を叩かれる恐怖。居場所から追放される恐怖。いずれも悠遠の太古の闇に潜伏していた獣のように、再びぎらつく目を見開いて、次の瞬間にでも彼女を食い散らそうと牙を研いでいるように感じられた。

「こんなデマを流すなんて、酷いよね」沈黙を堪えかねたのか、絵梨香は話を続けた。

「名誉毀損が成立すると思うよ」

絵梨香の言葉に、彼女は愕然とした。悪意に満ちたそれらの文字は、何一つ偽りの情報を含んでいないと、どうして絵梨香に言えるだろうか。虚偽でも何でもないただの事実だけで、たった五行の文章で、彼女が数年間掛けて築いた世界は、またもや崩壊に追い込まれようとしている。元来、彼女の人生はそれほど壊れやすいものだったのだ。たとえ名誉毀損が成立したところで、それがどうしたと言うのだろうか。

「教えてくれて、ありがとう。……絵梨香は良い人だから、幸せでいてね」

嗄れた声で、彼女は絵梨香に言った。自分自身の声に表れた荒涼と絶望に、彼女はまたもや息を呑んだ。


それから一週間、彼女は家に籠もりっぱなしだった。

最初の三日間は休みを取ったが、三日経っても気持ちは一向に晴れず、そのまま無断欠勤することになった。日の光を浴びるのも億劫で、昼夜関係無くカーテンを閉め切っていた。自分の指すら見えない部屋で蹲っていると、暗闇の中に融けて消えていけるような気がした。

その間に十数本も電話がかかってきたが、一切出なかった。SNSでも何人かの友人がメッセージを送ってきた。「訴訟を起こすなら相談に乗るよ」セクマイ界隈で知り合った弁護士の友人がそう書いた。「IPアドレスで発信元の位置が分かった」これは情報工学専攻の友達からのものだった。「これ、本当なの？」とメッセージの真偽を確認したがる人もいた。日本人だけでなく、台湾人からの連絡もあった。あのメッセージは日本人にしか送られていないわけではないようだ。メッセージは読むだけ読んで、返信する気力も無く、全て既読スルーした。気付いたら二十八歳の誕生日も過ぎていた。

丸三日間、彼女は昏睡と覚醒を繰り返す以外何もできなかった。ありとあらゆる感情の神経が抜き取られたように、喜びも悲しみも魂の中枢に伝わらない。涙を流す気力すら失っていた。

四日目、理性的な思考がやっと働きを取り戻したようで、彼女に囁き掛けた。

――どんな深刻な傷跡でも、既に十年も経っているのに、そんな古傷を知られるのは、それほど耐え難い恐怖なのか？

どれくらい経っても決して癒えない傷だってあるんだよ。

——過去を知られても、周りに悪意があるわけでもないのだから、気に病む必要は無いんじゃない？

世界が軌道を外れたみたいなものだよ。無理して軌道に乗せようとしても、それはもはや元の世界じゃないんだ。

——それじゃあ、大学時代とは何も変わらないんじゃないか？

そう、何も変わってはいない。名前を変えても、海を渡っても、異なる言語を操っても、私は私。そして私が私であるという事実だけで、世界に疎外される。自分自身であること、それが生の苦難の根源なのだ。

——……

不思議と、翊萱には憎しみも怒りも感じなかった。喪失を無理に納得せざるを得ないがために、負の感情の出口として新たな憎悪の対象を求めるしかなかったであろう翊萱の絶望故の狂乱を不憫にすら思えた。

五日目、ある情景が彼女の脳裏に浮かんだ。吹雪の吹き荒ぶ中で、果ても見えない夜の雪原を、一人の女が当て所なく彷徨っている。それと同時に、彼女は頭の片隅にずっと存在していた想念に気が付いた。これは起こるべくして起こったことなのだ。翊萱が現れなくても、いずれは他の誰かが、他の動機により、他の方法で彼女の過去をばらすだろう。永遠に続く逃避劇など存在しない。劇はいずれ終幕を迎える。

そう考えると、悲哀を通り越して滑稽に思えてきた。まるで自分はただ、終わりを待つためだけに生きてきただけではないか。仮に過去をばらされることが無くても、彼女の人生の脚本にはきっと他の何かが用意されていたはずだ。事故、疾病、天災。自分では到底対抗のしようがない何か巨大なものが、前方で虎視眈々と彼女を待ち続けている——脳裏を過るそんな考えが、遥か昔から心に巣くっていた自分は長生きできないという予感に呼応していることに、彼女は気付いた。実際、そのことが起きた。ならば彼女も旅立たなければならない。それこそ生における唯一の必然だ。

彼女にとって、死は生からの逃避である。しかしそれでも構わない。誕生とは自身の意志と無関係に生を押し付けられること。その不条理さに対抗する術が無いのなら、せめて逃避を選ぶ権利はあってもいいはずだ。

七日目、彼女は死を決心した。絶望による衝動ではなく、諦観と理性による選択だった。二十八歳。邱妙津より二年間も長生きしたのだから、もう充分だ。意外と不安は無かった。それまで彼女を苛んできた恐怖も見る影もなく消え失せた。藤村操が「既に巌頭に立つに及んで、胸中何等の不安あるなし」と書いたのが、まさしくそうした状態だろうと、彼女は思った。

「どうせ死ぬなら、一花咲かせてから死にたくない？　茨の鳥のように」

ふと、誰かの声が鼓膜に響いた。いつか小雪が彼女に言った言葉だった。

彼女は記憶を遡り、「災難」の前に交わされた数々の言の葉を思い出そうとした。

「七十歳になったら、世界で一番見渡しの良い崖を見つけて、一緒に飛び降りよう」

その誓約の言葉は今の彼女には眩し過ぎて、思い出すだけで心が痛む。それと同時に、ある種の黙示録的な趣向も帯びているように感じられる。彼女の人生の終末は、あの輝かしい黄金時代に既に暗示されていたのかもしれない。

世界で一番見渡しの良い崖。彼女はネットで崖を検索し始めた。恐らく小雪は恋人同士の間にありふれた戯言のつもりで言ったのだろうけれど、それを実行に移そうと彼女は思った。見渡しも良く、景色も美しく、尚且(なおか)つ柵が張られておらず、簡単に飛び降りられそうな場所。海に面しているのも駄目だ。崖の下は硬い地盤でなければ即死は保証できない。

ふと、ある写真に目を惹かれた。オーストラリアのリンカーンズロック。地面と垂直の灰白色の断崖絶壁の頂上には柵一つ張られていないばかりか、ダイビング用の飛び込み台のように食み出ているところすらあった。写真の観光客がその台の上に座り、カメラに向かって笑っていた。その頭上を覆うのは白い雲が棚引く晴れ渡る青空、眼下に広がるのは果ての見えない緑の森、両者は遠くの地平線で交わる。更に検索すると、崖の真下の写真も見つかった。硬そうな地面だった。南半球となれば、今は真夏だ。白雲、蒼穹と緑樹に囲まれ、暖かい陽射しに抱かれながら死ねる。これほど良い死に場所は他にあるだろうか。

リンカーンズロックはブルーマウンテンズの一部で、シドニーの西北西方向百キロの場所に位置する。シドニー国際空港が一番近い空港だ。ついでにシドニーについて調べると、三月上旬に世界最大級のプライドパレードがあることを知った。

世界最大規模のプライドパレードに参加した翌日に死にゆくのは、一応一花咲かせたと言えるのではないだろうかと、彼女は思った。もう死ぬと決心したのなら、逆に急ぐ必要が無くなる。死の懐に飛び込むまでの時間は、生きている間のいつなんどきよりもずっと余裕があるのだ。そう思い及ぶと、心が明鏡止水の如く澄み渡っていくのを感じた。

15

死を決意した翌日、朝十時ごろ、誰かが家に訪ねてきた。インターホンに映ったのは職場の直属上司ともう一人の同僚だった。無断欠勤を続けた彼女を案じて様子を見に来たのだろうと、彼女は推測した。今更出る必要も無く、居留守を使った。

来訪者が去ったのを確認してから、彼女は旅の支度に取り掛かった。三月までの一か月半を使って、世界に最後のお別れをすることにしたのだ。彼女は死ぬ前に一度は見ておきたい景色を書き出して、そこから旅の計画を立てた。

冷静に計画を立てている自分を、彼女は少し不思議に思った。彼女の中で対立していた理性と狂乱は、死を決意した瞬間を境目に一つに融合したようだ。それまで彼女が一時的な衝動で自死を遂げるのを防いできた理性は、まるで絶望の深さを認めたかのように、今度は彼女が死に傾くのに加担しているのだ。

航空券と宿、そしてビザなどは一週間で手配できた。その間にも偶に友人や職場から電話が掛かってくるが、相変わらず出ないから、次第に掛かってこなくなった。

旅に出る前日、彼女は一日掛けて東京を歩いて回った。早朝に出発し、新宿から代々木、渋谷、品川、上野、高田馬場。彼女はただ苦行僧のように歩き続けた。自分が選んだこの都市、一度は骨を埋めようと思ったこの町。気が付けば、生国の台湾よりも多くの思い出が、この都市の隅々に隠れている。人間の記憶が都市の記憶と溶け合い、人間の認識によって再現される。それらの記憶を、この町の風景を、彼女は歩きながら咀嚼し、しっかり脳裏に刻んだ。偶然に絵梨香と巡り会った表参道の夜、虹色に染まった代々木と渋谷の午後、会社勤めを始めてから毎日通い詰めた品川のオフィス街、薫と初対面した上野駅、大学院時代によく散歩していた神楽坂と早稲田の坂道……

再び新宿に戻った時には日がすっかり暮れていた。夜の帳(とばり)が新宿の繁華街をより一層映(は)えさせるのはいつものこと、二丁目の薄汚い雑居ビルに構える飲み屋もまた、いつも通り客を迎え入れる態勢を整えていた。彼女は足の痛みを耐えつつ、リリスに入り、カウンター席で無言のまま一杯飲んで、また店を出た。

サンフランシスコ空港に降り立ったのは、その三十時間後だった。出発したのは午後なのに、到着したのは同日の朝、恰も時間を遡ったかのようで不思議だった。

特に目的地も無く、彼女は町を眺めながら歩を進めた。パウエル駅近くの往来と車の流れは東京駅並みに忙しなく、思わず気を引き締めて歩調を速めてしまうけれど、北面の波止場に近付くにつれ観光地としての長閑さも感じられてくる。気持ち良く晴れている午後の青空に巻雲が幾筋か浮かび、海辺の柵に海猫が何羽か並んでいて、人間が近付くとミャーミャーと鳴きながら羽音を立てて飛び立っていく。浮桟橋には数十匹の海驢が日向ぼっこをしていて、何故こんな何の憂いも無いように見える生き物が存在し得るのか、不思議に思いながら見入っているうちに数時間が経ってしまった。

市内は坂の連続で、バスに乗るのも極めて体力を消耗するが、それも二日も経たないうちに慣れた。四日目に急に雨が降り出したが、彼女はそれに構わず、ゴールデン・ゲート・ブリッジに出掛けた。バスを降りてから傘を持っていないことに気付き、いっそ雨に降られながら、海岸の近くから橋を眺めることにした。十分も経たないうちにずぶ濡れになったが、少しも意に介さなかった。朱塗りの橋は水気に包まれ朦朧としていて、橋の向こうは完全に霧に覆われて見えなかった。

「ワオー！　私もそうだけど、貴女もクレージーだね」

いつの間にか隣に立っていた金髪の白人女性が、英語で話し掛けてきた。その女性もずぶ濡れだった。

「生きていると、時には岸辺でずぶ濡れになるくらいクレージーになりたい日もあるさ」

彼女も英語で答えた。それを聞いて、白人女性はくすっと笑った。

「面白い人だね。観光客？　こんな観光客はかなり珍しいよ。どこから来たの？」

どこから来たの？　日本か台湾か、どちらを答えるべきか少し迷ったが、相手が台湾を知らない可能性を考慮して、日本と答えた。

「おお！　私も日本語が少し話せるよ」

白人女性はそう言ってから、日本語に切り替えた。「初めまして。私の名前はキャロリンです。宜しくお願いします」「キャロリン」は英語の発音になっていたから、ケロリンに聞こえた。

「ノリエです。宜しくお願いします」

彼女も日本語で挨拶を返した。そして英語で「何故日本語ができるの？」と訊いた。

「私の彼女は日本人で、少し教わったの」とキャロリンは答えた。「彼女はジャパンタウンの日本料理店で働いているから、家でもよく日本料理を作ってくれる。親子丼とか、おにぎりとか」

しかし彼女は親子丼やおにぎりより、他のことが気に掛かった。「貴女は、レズビアンなの？」と、なるべく驚く様子を見せずに訊いた。「も」を意味する「too」は付けなかった。

「ビンゴ！」キャロリンは笑いながら返答した。

「普段からオープンにしてるの？」

「人によるけどね。クリスチャンには迂闊に言えないよ。でも、もう大丈夫。それに」キャロリンは彼女の手首に付けてあるブレスレットを指さした。それはカストロ地区で買ったレインボーグッズだった。「貴女も、でしょ？」

首を縦に振るべきか横に振るべきか一瞬迷ったが、言葉が先走って口を衝いて出てしまった。「そうよ、レズビアン。しかも男にレイプされたことがある」まるで自身の苦難を見せびらかすようなそのやけくそな台詞に、彼女は思わずゾッとした。それと同時に、最も忌まわしい秘め事を白日の下に自己暴露するような、一種の露出狂的な快感も覚えた。恐らくそれは何の縁も無い旅先の土地だからこそできることだろうと、彼女は思った。

「可哀想に」キャロリンは彼女の顔を凝視した。「だからそんな哀しい目をしているのね。心の中の風景を天気に喩えると、今日みたいな感じじゃないかしら？」

「だから話し掛けてくれたの？」

「まあね。なんとなく、似てるなって」

キャロリンは体の向きを変え、橋の方に背を向け、海岸沿いの柵に凭れ掛かって語り出した。

「私は十六歳の時に父に犯された。それを知った母は激怒し、私を家から追い出した後、父と離婚したの。私は生地のテキサス州を出て、カリフォルニア州の大学に入った。学費免除は受けていたけど、生活費を稼ぐためにIT企業でバイトしていて、何度か過労で倒れそうになった。家賃を払えず路上生活をしたこともあった」

突如自分語りを始めたキャロリンにどう反応すればいいか、彼女は少しばかり戸惑ったが、つい聞き入ってしまった。伏し目がちに語るキャロリンの瞳が丹念に研磨されたサファイアのような綺麗な青色をしていることに気付いた。キャロリンは彼女を見ずに、まるで独り言かのように喋り続けた。

「卒業後はプログラミングスキルを活かしてシリコンバレーで仕事を見つけ、やっと安定した生活を手に入れた。二十六歳の時に恋人もできた。留学でアメリカに来た日本人の女の子だった。幸せの絶頂だったよ。でも、そんな彼女も去年大学を卒業して、日本に帰ってしまったの。私と結婚してグリーンカードを手に入れ、二人で一緒にサンフランシスコで生活しようとも提案したけれど、彼女は家族にカミングアウトできず、私のことも家族には言えなかったみたいで。

一昨日、彼女から連絡が来た。両親が決めた男と結婚することになったってね。耳を疑ったよ。この嘘吐き、と思いっきり怒鳴りたかった。それでも平静を装って、幸せになってね、と言わなければならなかったの。三十歳の女が、八歳も年下の恋人相手に取り乱してどうすんだって、ね」

キャロリンが黙り込んだので、彼女は訊いてみた。

「なるほど。さっき、彼女は日本人で、ジャパンタウンの日本料理店で働いている、家でよく日本料理を作ってくれる、と貴女は言ったけれど、正確には元カノが、日本料理店で働いていた、よく日本料理を作ってくれた、と、全て過去形の話だったのね」

「さあ、どうかな。私にもよく分からないの。何しろ、彼女は結婚するとは言ったけど、私と別れたい、とは一言も言わなかったもの。ずるいでしょ？　自分が離れていくというのに、私を解放してくれようとしないのだから」

キャロリンは雨が降り頻る空を見上げながら、まるで他人事のように淡々とした口調で語り続けた。「初めて彼女と出会ったのは正にここで、しかも今日みたいな天気。あの時、彼女は言葉の壁とホームシックで苦しんでいて、一人で雨に濡れながら橋を眺めていたの。さっき貴女に声を掛けたのも、貴女が私に、あの日の彼女を思い出させたからなのかもしれない」

話が一段落したとでも言うふうに、キャロリンは柵から離れ、彼女に向き直った。

「話し疲れたわ。うちに来ない？　豪邸ではないけどここよりはマシだと思うよ」

キャロリンはアウター・サンセット地区に位置する、水色の外装の二階建ての家に住んでいる。家の一階は車庫と倉庫で、二階には二十平米くらいの部屋が二つと、ダイニングキッチンとバスルームがあった。キッチンにはダイソーで買ったと思われる食器が食器棚に並んでいた。片方の部屋は人が生活している痕跡が無く、クローゼットの中にも数着のTシャツとジーパンしかなかった。日本語の書籍が何冊かベッドに散らかっていて、壁に貼ってある日本のアイドルグループのポスターも剝がれかかっていた。

先にシャワーを浴びた彼女は、キャロリンの元カノのTシャツとジーパンを身に着け、キャロリンの部屋のベッドに座っていた。バスルームからもシャワーの水音が聞こえてきて、聞いていて気持ち良かった。窓の外の土砂降りの雨音は思い切りが良く、その両方に包み込まれているとどこか現実離れした気持ちになって、ここにあるもの、ベッドや窓、椅子や机、全てが実体を伴わない虚像のように一瞬思われた。そして、自分は本当に東京を離れて旅立っているんだなと、再び嚙み締めた。

キャロリンの裸体が目の前に現れた途端、彼女は心の鎧(よろい)を剝ぎ取られた気分になった。剝ぎ取られたのは心の鎧だけでなく、身に着けていた服もまた、キャロリンの手によって脱がされた。どちらからともなく、二人はベッドに身を横たえた。半分慌てて反応に窮しながらも、半分密やかに期待していた自分の感情は、実に理解し難いものだった。拒絶反応を起こすだろうと思っていた身体が、キャロリンにまるで従順だったのも、彼女には意外だった。顔に垂れかかっていたキャロリンの金髪はまだ水気を帯びていて、その湿っぽい感触もまた優しさに満ち溢れているように感じられた。ふと見開いて捉えたキャロリンの憂鬱そうな青い瞳は、彼女の遠く懐かしい記憶を呼び覚ました。彼女は再び目を閉じ、柔らかい記憶の海に身を沈めた。「災難」よりも遠く、甘い記憶。

「ノリエ、貴女は死のうと思っているんでしょ？」

ことが終わった後、キャロリンは彼女の耳元で囁いた。

「い、貴女も、でしょ？」

痺れるような優しさの余韻を味わいつつ、彼女は訊き返した。

「似た者同士、といったところかな」キャロリンは微笑んだ。「終点にどこを選んだの？」

「シドニーのリンカーンズロック」

「では何故ここへ？」

「最後の旅をしてるの。世界へのお別れの儀式みたいなもの。サンフランシスコにニューヨーク、そして中国」彼女は訊き返した。「貴女は？　その綺麗な青い瞳に相応しい墓所は、中々思い付かないけど？」

「ニューヨーク、ストーンウォール・インの近く。あそこは、謂わばこの国での私達の戦いの起点なのだから」

「終点に起点を選ぶなんて、仏教の輪廻みたい」彼女はキャロリンを見つめた。「貴女は前世アジア人かもね」

「かもね」キャロリンは笑いながら言った。その笑いには明らかな哀しみが浮かんでいた。「では、そんな私の最期、アジア人の貴女は見届けてくれるかしら？　貴女もニューヨークに行くみたいだし、一人だと、やっぱり寂しいよ」

「いつ？」

「一週間後の今日、夜十一時半」

「別に良いけど、一つ訊かせて」彼女はふと意地悪をしたい気持ちになり、こう訊いた。「今のセックス、貴女は本当に私としていたのかしら？」

その質問に、キャロリンは一瞬意表を突かれたような動揺した表情を見せたが、すぐに平静を取り戻し、彼女を見つめながら静かに微笑んだ。

「勿論違うよ」キャロリンの微笑みには、全てを見透かし、何があっても動じないような余裕があるように、彼女には思えた。「貴女だって違うでしょ？」

エンパイア・ステート・ビルディングの展望台は屋内と屋外に分かれていて、屋外に出るとガラスを隔てずにマンハッタンを俯瞰できるが、八十六階の高さでは厳冬の寒風が平地よりも一層凛々と全身に刺さり、三分も経てば手足がかじかみ、指を曲げることすら儘ならなくなった。それでも黄昏時の空と都市の風景に誘(いざな)われ、彼女は何度も中に入ってはまた外に出た。限りなく黒に近い紫紺の空が、西へ行くにつれて透明感を帯びながら緋に染まっていく様子は、ガラス瓶に入っているジェルキャンドルを連想させた。都市の東側は既にすっかり闇に沈み、燦々と煌めく明かりは光の川に見えた。しかし本物のイースト川はこの時、最も純粋な黒に映り、クイーンズ区やブルックリン区をマンハッタンの光輝から分断していた。

大都会の夜景というものはどこで見ても同じようなものだ、と彼女は思った。一定の高さから俯瞰すれば、人間の活動は独特さを失い、全て同じように見えてくる。東京タワーやクライスラー・ビルディングのようなランドマークを除けば、目の前のニューヨークの夜景が東京で見たそれとはどう違うのか、彼女には説明できない。それでもつい惹きつけられ、美しく感じてしまうのは何故だろうか。

彼女はキャロリンを思い出した。約束の日は今日だ。この都市でなら、一人の人間の死など大してニュースにはならないだろう。キャロリンはどのような物語を抱え、どのような思いで死に辿り着いたのか、誰も興味を持たないに違いない。彼女だって、たまたまキャロリンと人生を交錯させただけだった。互いの身に過ぎし日の懐かしい影を見出したところで、決して痛みを共有できたわけではない。彼女には彼女の道がある。キャロリンを見送った後、彼女は一人で歩み続けなければならない。

展望台から降りて、彼女はストーンウォール・インに向かった。着いた時に時計は十時を回ったところだった。

新宿二丁目の狭い店を見慣れたためか、ストーンウォール・インの店内は思ったより広く感じた。少なくともビリヤード台を設置できるスペースのある店は、二丁目では見たことが無かった。店内は男性客がほとんどだった。カウンター席に座ると、バーテンダーが爽やかな声で挨拶してきた。彼女はメニューから飲めそうなカクテルを適当に選んだ。隣に座っていた三十代の白人男性が彼女に話し掛けてきたが、すぐに興味を失ったようでまた他の客との会話に耽った。

キャロリンはどんな死に方を用意したのだろう？　甘酸っぱいカクテルを啜りながら、彼女は漫然と考えた。人目を惹く死に方を選ぶ人ではなさそうだし、バーの近くと言ったのも、どこかの路地裏を指していたのだろう。投身自殺はこんな都会では難しいから、毒か、銃か、刃物か。いずれにしても、彼女に見届けてほしいと頼んだのだから、あまり見苦しい死に方ではないはずだ。

そんなことを考えているうちに、いつの間にか十一時半を過ぎ、十二時も過ぎたが、キャロリンは一向に現れなかった。夜はこれからだと言わんばかりに益々賑やかになってきた店内は、死とは程遠い雰囲気だった。携帯は持っていないから、連絡を取る術も無かった。

時計の短針が一時を回った頃、彼女はようやく諦め、店を出て地下鉄でクイーンズ区のホテルに戻った。死を断念したか、場所を変えたか、時間を間違えたか。キャロリンが来なかった理由の可能性はいくらでも考えられるから、考えるのをやめることにした。そもそも、一週間後の夜に、四千キロも離れた都市で自分の死を見届けてほしいという常識を逸脱した依頼だったのだ。ほったらかされても仕方が無い。

シャワーを浴びた後に漫然とテレビを眺めていたら、あるニュースに注意を引かれた。夜十時半頃に、ペンシルベニア駅の近くで大規模な追突事故が起こり、追突された車の一台が歩道に横転し、歩行者が二人死亡したとのことだった。

死者の一人が、キャロリンだった。

彼女は暫く呆然とした。ややあってから、何とも言えない可笑しさがこみ上げてきた。死という結果が同じでも、哀しみの果てに自ら死を選ぶのと、偶然事故に巻き込まれるのとは全く違うことのように、彼女には思えてならなかった。しかし皮肉なことに、前者が為し得たはずの意味は、後者によっていとも簡単に掻き消されてしまった。結局キャロリンの死は、彼女の経験と意志とは全く無関係なものになった。あるいはそれが、キャロリンの生における一番の悲劇だったのかもしれない。

深夜三時、ニューヨークのホテルの一室で、真っ白なベッドの上に体育座りしながら、彼女はぼんやりそんなことを考えた。

16

二月上旬。西安咸陽(かんよう)空港の狭く薄汚い到着ロビーは、雑踏と喧騒に満ちていた。

バスに揺られて一時間ほどで、西安古城区の城壁が見えてきた。夜、古城区の中心にある鐘楼の近くで空を見上げたら、ふと中天に懸かる満月に気付いた。それで既に旧正月が過ぎ、元宵節を迎えたことを彼女は思い出した。長く日本に住んでいたせいで、旧暦はまるで意識しなくなった。千年の古都に相応しく、西安でも、この千年の歴史を持つ祝日を盛大に祝っていた。城壁の南門である永寧門一帯は、幻想的なランタンと飾り提灯で華やかに飾られ、見物客は長蛇の列どころか、長竜を成す勢いで賑わっていた。

西安を離れた後、彼女は北京を訪ねた。ちょうど大雪が降っていて、飛行機が二時間も遅延したが、お蔭で北京の空を覆うヘイズが綺麗に洗い落とされ、雪化粧した万里の長城、紫禁城と大観園を見ることができた。万里の長城から降りた時、雪が更に激しくなっていた。彼女は寒さに耐え切れず、道端にあるケンタッキーに入ろうとしたが、ふと「北門鎖鑰」の字が彫られた城楼の下に、一人の女性が城壁を見上げながら立ち尽くしているのに気付いた。白銀に囲まれていたその女性は水色のマフラーに真っ赤なコートを身に纏い、紫色の折り畳み傘を差していた。墨汁の滝のようなまっすぐで長い黒髪に、雪の白い粉が点々と付着していた。その色鮮やかでどこか悲壮感漂う光景に惹き付けられ、彼女は話し掛けずにはいられなかった。

「何してるんですか？」

女性は彼女の方に振り向いた。目と鼻の輪郭がくっきりとした美しい顔に、涙が流れていた。

「人を、待っているんです」女性は中国風の中国語で答えた。

「こんな大雪だし、人を待つなら室内の方が良いんじゃないでしょうか？」と彼女は言った。

女性は返事をせず、ただ黙って彼女の後に付いてケンタッキーに入った。ケンタッキーのドアには「大雪につき本日は四時に閉店致します」という貼り紙が貼ってあった。

二人はフライドポテトとオニオンスープを注文し、ガラス張りの壁際の席に着いた。

「誰を待っていたんですか？」

スープを飲んで暖まった後、彼女は訊いた。

女性は少し首を横に振り、

「来ないでしょう。最初から分かっていたんですが」と答えた。

女性はモンゴル族で、名前は「烏仁図婭（ウラントゥヤー）」と言い、モンゴル語で「夜明けの光」という意味だそうだ。生まれは内モンゴル自治区で、高校卒業後に、長年付き合っていた幼馴染と一緒に故郷の呼和浩特（フホト）を出て、北京の大学に通うことになった。相手の男性の誕生日は二月二十二日で、二十日生まれの烏仁図娅とは二日違いなので、二人は毎年二月二十一日に万里の長城を訪れていたという。

「彼が言ってた。万里の長城は中国で一番偉大な建造物だから、ここで私達の永遠の愛を見守ってもらおうって」

目を伏せながら語る烏仁図娅の黒髪は雪の光に当てられ、艶やかに光っていた。なるほど、夜明けの光という名前が実に相応しいと、彼女は思った。

大学卒業後にすぐ結婚するだろうと誰もが思っていた二人だったが、卒業を目前に関係に亀裂が入ってしまった。男性がギャンブルにはまり、多額の借金を背負っていたことが発覚したのだ。

「それから両親から結婚を猛反対されたの。流石に私も、このまま結婚してはいけないと、理性では分かっていた。だけどどうしても別れを切り出せなかった。結局だらだらと一年間も引き摺った挙句、彼の方から別れようと言ってきた。私の人生をこれ以上無駄にしたくないって。あの時彼も家族と決裂したりとかで、とても結婚どころじゃなかったしね。私は勿論別れたくないと粘った。すると彼は、三年間待ってほしい、と、言ったの。私の傍にいるのに相応しい男になったら、二月二十一日に万里の長城の下で待ってくれるってね」

それから毎年、烏仁図婭はこの日に一人で万里の長城に来ていたという。何の保証も無い約束を果たすために。来るはずも無い人を待つために。今日がその三年目。勿論、男は現れなかった。

そんな古典文学でしか読んだことの無いような純愛物語が、実際に二十一世紀に存在しているのが、彼女には不思議だった。万里の長城に永久の愛を誓い、聳え立つ城壁の下で結ばれるのは、なるほど、確かに中国人なら誰でも憧れそうな中国風ロマンスだ。彼女でさえ、烏仁図婭の物語にある種のノスタルジアを感じずにはいられなかった。しかし、現実の鏡で照らせば、そんな夢語りなどいとも簡単に破綻する。そもそも、「万里の長城の下」という待ち合わせ場所なんて、スケールが大き過ぎて、あって無いも同然だ。たとえ約束の「万里の長城」を、今いる八達嶺長城に絞ったとしても、範囲が広過ぎるし、二月二十一日という時間の指定もまた、曖昧過ぎる。つまり、二人は最初から会えそうにないのだ。会える見込みの無い約束をしたのも、もう一緒にはいられないという事実を、互いに納得させるための儀式にしか、彼女には思えない。それでもめげずに、約束の地に三年間通い続けた烏仁図婭の強さに、彼女は心から感服せずにはいられなかった。

その後、彼女は鳥仁図娅と一緒に電車に乗って、北京北駅に戻った。別れる前に、彼女は鳥仁図娅に訊いた。

「来年は、どうする？」

鳥仁図娅は暫く黙り込んで考えた。

「多分、また行くと思う」

彼女をまっすぐ見つめながら、鳥仁図娅は答えた。「もう習慣になってるしね。それに、この旅は彼のためだけのものじゃない。旅の意味は、より良い自分に出会うことにあると思うし、毎回得るものもある」

それまであまり笑顔を見せなかった鳥仁図娅はやっと破顔した。「例えば今年は、貴女に出会えた」

そう言って、鳥仁図娅は違う方向に向かって歩き出した。ああ、美しい。鳥仁図娅の笑顔を反芻しながら、彼女は心の中で嘆いた。遠ざかる鳥仁図娅の背中を見て、彼女はまたその名前の意味、「夜明けの光」を思い出した。鳥仁図娅なら、きっと夜が明けて、曙光が暗闇を追い払ってくれるまで待てるだろう。

しかし彼女は違う。来年の世界に彼女はもういない。人生最後の旅は、着実に終点に近付きつつあった。これは彼女の独り舞いだ。舞い始めた以上、最後まで続けなければならない。

シドニー国際空港に着いたのは、パレードの二日前だった。飛行機を降りてすぐドラアグクイーンに出迎えられ、マルディ・グラ(19)のチラシを渡されたのが不思議だった。都心部に着くと更に驚いたのが、町中に溢れんばかりのレインボーフラグだった。スーパー、デパート、公園、バー、タウンホールまでも、まるでクリスマスのデコレーションのように、至る所にレインボーフラグが飾り付けられていた。ATMまでマルディ・グラ仕様になっており、虹色の背景に女同士のカップルがキスしている画面が表示されていた。

(19) マルディ・グラ　本来はフランス語で「肥沃な火曜日」の意で、謝肉祭の最終日を指す言葉だが、シドニーでは「シドニー・ゲイ・アンド・レズビアン・マルディ・グラ」を指している。

パレードは土曜日の夜七時に始まるが、午後三時に会場のオックスフォード・ストリート沿道には既にスチールバリケードが設置されていた。様々なレインボーグッズを売り歩く人や、パレードのために化粧や着替えをしている人もいた。近くの高層マンションの住人も各自のベランダにレインボーフラグを飾っており、街全体が虹色に染まっていた。

外はまだ暑いから、彼女はハングリージャックスというファストフード店に入り、チキンとフライドポテトを注文して二階の窓際の席に座った。店内もパレード目当ての観光客でいっぱいで、様々な言語が飛び交っていた。彼女はぼんやりと窓の外を眺めた。

「こんにちは。一人ですか？」

ふと男の人に中国語で話し掛けられ、彼女は少しビクッとした。振り向くと、ゲイカップルと思われる二人の男性が隣の席に座っており、彼女を見ていた。男の中国語は明らかな台湾訛りを帯びていた。

「ええ、一人ですよ」と彼女は答えた。「何故私が台湾人だと分かったんですか？」

「これを見てしまったので」

話し掛けた男は、彼女の鞄を指さした。繁体字版の陳雪（ちんせつ）『悪女書（悪女の書）』のタイトルが、開いていたチャックから見えていた。

「持ち物は日本っぽいから、日本人じゃないかとも思ったけどね」

と、もう一人の男が言った。同じ台湾訛りの中国語だった。

「でも、日本人は単独行動が珍しいから、やっぱ台湾かなと思って」最初の男が続いた。

「流石ね」

彼女は軽く笑ってみせた。彼女の打ち解けた反応を見て、二人の男性も安堵したように、更に話し掛けてきた。

「陳雪を読んでいて、この時期にここに来ているってことは……」

「その通り、レズビアンですよ」自分の返答の潔さに、彼女自身もびっくりした。「貴方達は付き合ってるんです？」

「まあね。僕の名前は柏彦（ブォーイエン）。彼は八四（バーシー）」最初の男はもう一人の男を指さして紹介した。

「身長が百八十四センチもあるから八四ってね。高校からこの身長らしい」

座っているから気付かなかったが、言われてみれば、八四は確かに柏彦より頭半分くらい高かった。柏彦が言うには、「キスに便利な身長差」だそうだ。それを聞いた八四は、少し気恥ずかしそうにはにかんだ。

「貴方達もマルディ・グラのためにシドニーに来たんですか？」彼女は二人に訊いた。

「いえ、僕は高校を卒業した後すぐに来ました。今は大学院で経済学を専攻していま す」

そう言って、柏彦は八四の方に目を向けた。柏彦の視線を受けて、八四は話を続けた。

「僕は台湾の大学に通っているけど、交換留学で柏彦の大学に来ています。柏彦とは大学のゲイサークルで知り合いました」

「まあ、知り合ったきっかけはサークルだけど、仲良くなったのはゲイアプリのお蔭ですけどね」と柏彦は笑いながら言った。「久しぶりに台湾人の男とヤりたいなあと思ってアプリでパコ友を探して、いざ会ってみたら、なんだお前か！　って感じ」

八四はまた照れ臭そうに、柏彦の肩を軽く叩いた。「もう、女の子の前でするような話じゃないでしょ？」

「いいえ、お構いなく」幸せそうにじゃれ合う二人の雰囲気に感染し、彼女も思わず吹き出してしまった。「シドニー生活はどうですか？」

「そうですね」柏彦は少し考えてから答えた。「僕は色んな国に旅行したんですが、アメリカの多様性、西ヨーロッパの優雅、日本の清潔と利便性、そして台湾の治安の良さ、色んな国の良さを併せ持つのがシドニーだと、僕は思います」

「同性愛者としても過ごしやすいしね」と八四は言った。「心が安らぐというか、異国にいても居場所が常にあるって感じです。僕は一応、台湾で一番同性愛者に寛容な大学に通っていたし、ゲイサークルにも入っていてそれなりに毎日充実していました。それでもどこか世界と噛み合わないようなギスギスした感覚を、常に抱いていたんです。何て言えば良いんだろう……世界の中に僕が存在し、世界が回っていて、僕も回っている。ただ、僕が回りながら描く軌跡と、世界のそれとは、全く無関係の別物のように感じられるんです」

「『内離(ネーリー)』[20]――内なる疎外。一方が他方を含んでいるように見えるが、いくらその軌跡を辿って回っても、両者は永遠に交わらない」と柏彦は言った。

「そう、『内離』。互いに排斥することも無ければ、引き付けることも無い。ただ一つの円がもう一つの中にぽつんと存在する、それだけです」適切な言葉を見つけてもらった

---

(20) 内離　中国語で、一つの円がもう一つの円を接点無く内包する位置関係を意味する数学用語。

八四は嬉しそうに笑って、話を続けた。「でもシドニーでは、二つの円はちゃんと交わる。小さい円と大きい円はしっかり関係を持つ。いや、そもそも円である必要も無いです。大きい円の中に存在するのは三角形でも四角形でも、あるいはもっと不規則な何かでも良い、そんな感じです」

「あまりに不規則だと流石にまずいけどね。法律もちゃんとあるし」柏彦はツッコミを入れた。

「知ってるんだよ、そんなこと」八四はふざけて柏彦の肩を叩いて、二人は同時に笑い出した。

勝手に会話を進めた八四と柏彦の比喩表現を、彼女はまだ完全には理解できずにいたが、それよりも気になることがあった。

「一番寛容な大学って……どこですか？」と彼女は聞いた。

「台湾大学」と、八四はまたしても照れ臭そうに答えた。

やはりそうだった。彼女が曾て憧憬を抱いていたが、結果的に四年間の暗黒時代を過ごした、あの杜鵑花が咲き誇る学術の城。その四文字の響きは、今となっては懐かしくすら聞こえる。

その後、彼女は微笑ましいゲイカップルと一緒にパレードを見ることにした。午後五時に、オックスフォード・ストリート沿道は既に見物人で埋め尽くされていた。柏彦によると、毎年世界中から数十万の見物人が集まってくるそうだ。人々は顔を綻ばせながら、互いに「ハッピー・マルディ・グラ」と言い合った。その祝いの言葉がまるで「メリー・クリスマス」のような感覚で使われていたことを、彼女は不思議に思った。

夜七時(と言っても空はまだ明るい)に、クラクションとエンジン音を轟かせながら走るレズビアンのバイク軍団に先導され、パレードは盛大に始まった。パレードの光景を自分の目で見て初めて、彼女は八四の比喩を理解できたような気がした。それは東京のパレードでは決して見ることの無い風景だった。セクシュアル・マイノリティ支援団体や企業に加え、肉体労働者、医師、消防士、警察、軍人など、セクシュアル・マイノリティの人達による様々な職業の連盟が、それぞれの制服を着用してパレードに参加している。パトカーや消防車も当然のように出動している。東京のパレードでも警察やパトカーが見られるが、それは秩序維持のために出動させられるものだ。しかしシドニーでは、彼等は参加者として隊列に加わっている。それが彼女にとって衝撃的だった。

職業連盟の他にも、障碍者、ユダヤ人、オランダ人、アイルランド人、カトリック教徒、ムスリム、無神論者など、様々な属性の団体が隊列名の書かれた大きな横断幕を掲げながら行進していた。同性パートナーとその子供達による隊列もあった。なるほど、もし自分がこの子達のようにここで生まれ育ったのなら、ラブ・アンド・ピースも、イット・ゲッツ・ベターも、心から信じられたのかもしれない。パレードを眺めながら、彼女はそう考えた。隣の微笑ましいゲイカップルはすっかり会場の雰囲気に没入していて、時にはパレードに向かって手を振ったり叫んだり飛び跳ねたり、時には男の体格やスタイルを品評したりしてはしゃいでいた。そんな二人を見て、彼女はある種の温もりと共に、仄苦い感傷を覚えた。凡そ恋人という生き物は、微笑ましいものだ。刹那の熱情に取り憑かれ、永遠という概念を盲信する。彼女と小雪も、昔はそうだったのだろうか。自分にもそんな時代、そんな状態があったなんて、今にして思えば不思議なことだ。しかし小雪との関係は、結局周囲に公表することができなかった。

ふと小雪が恋しくなった。小雪が今どこにいて、何をしているのか、無性に知りたくなった。

パレードは夜十一時半まで盛り上がり、終わった後も人々は少しも疲れた様子が無く、三々五々バーやクラブへ向かった。ゲイカップルと別れた彼女もそのままホテルに戻る気になれなかった。近くのバーに入り、一人で深夜四時まで飲んでから、宿まで歩いて帰った。

目が覚めた時には、既に正午近くだった。頭が少しずきずきするが、空は昨日にも増して一層晴れ渡っていた。頭上の紺碧から遠方の真っ白への鮮明なグラデーションを凝視していると、心地良さを感じるのと同時に、何故か心が痛み、涙ぐみそうになった。ロックス地区にある海の見えるレストランで食事を取った後、彼女はブルーマウンテンズに向かった。地図を頼りにレンタカーを運転して、二時間半程度で目当てのリンカーンズロックに難なく辿り着けた。午後四時の陽射しは正午ほど強くなく、正面から吹いてくる微風(そよかぜ)もまた気持ち良かった。日曜日だからか、崖には十数人の観光客が来ていた。ここで飛び降りれば、彼等には少しショックを与えるだろう。しかしそれも彼女とは関係の無いことだ。

崖の上から見渡す風景は写真で見たように壮観だった。頭上は果てしなき青空、眼下は地平線まで広がる深緑の森。遠くの山並みから薄く青い霧が立ち昇り、空の青をより一層際立たせていた。崖の地面は軟質の砂岩でできており、金属を使えば簡単に字が彫れる。実際、あちこちに人名やハートマークや相合傘が刻まれていた。

彼女は写真で見た飛び込み台のような場所を見つけ、その縁に佇んだ。足元を見下ろすと、絶壁の下の地面は硬そうな岩になっていた。崖の縁で記念写真を撮っている人も周りには大勢いて、誰も彼女の行動を不審に思わなかったらしい。彼女は暫く縁に立ち、目の前の美しい景色を眺めていた。あと一歩前に進めば、彼女は崖の下に落ち、灰色の岩を鮮やかな赤に彩ることになる。

彼女は旅の風景と、途中で出会った人々のことを思い出してみた。水気に覆われて朦朧としたゴールデン・ゲート・ブリッジと、雨に濡れながらそれを眺めるキャロリン。白銀の巨竜の如く群山に蟠る長城と、それを仰ぎ見る烏仁図婭。六色の虹に彩られる行列と、それを見物しながらはしゃぐ柏彦と八四。眠らないニューヨークのマンハッタン。ストーンウォール・インの派手な紅色のネオン。冬の陽射しが気持ち良く降り注ぐセントラル・パーク。南に驪山(りざん)に倚り掛かり、北に渭水(いすい)に臨む秦始皇帝陵と華清宮。大雁塔(だいがんとう)の南に佇む玄奘三蔵(げんじょうさんぞう)の彫像と、その脇で広場ダンスを踊る様々な世代の男女。真っ白な雪が積もる深紅の紫禁城と、霧雨に濡れた細く薄汚い胡同(フートン)。そしてシドニー。思わず息を呑んでしまうほど碧い海と空。世間のあらゆる苦痛の存在を忘却させてしまいそうな神聖な山々——

彼女は目を閉じた。蒼穹、白雲、群山と緑樹は悉く闇に覆われた。今まで見た景色と人物の表情が、絶え間なく脳裏を駆け巡った。次第にそれも澱み、やがて知覚の表層が波紋一つ無い平静な水面に回帰した。

頬を伝う一滴の雫を感じ取るのと同時に、彼女は初めて気付いた。自分がどれほどこの世界の美しさに魅了され、どれほどこの世界を愛しているかということに。生きるには窮屈過ぎるが、死ぬには未練が多過ぎる。そんな世界への愛を、別れの旅を経て、死の縁に立って初めて、彼女は再認識した。

しかし、そんな愛ですら、今の彼女を救う術を持たない。終幕を迎えた独り舞いには然(しか)るべきピリオドを打たなければ、見苦しい舞台になるだけだ。

目を閉じたまま歩を進めると、重力が抜けていくのを感じた。

*

トンネルを通り抜けていく。暗く、長いトンネル。

どれくらい経ったか、やっと荒野に出た。相変わらず周りは真っ暗だった。真っ暗なのに何故荒野と分かるのかは判然としないが、確信はあった。

荒野には川が流れている。広くて、勢いの激しい川だった。それは海へ急いでいるだろう。気付けば川の中に立っていた。しかし水圧は感じない。冷たくもなく、寧ろ暖かい。川の感触には何となく懐かしさを覚える。川の中には他の人もいる。記憶にある人と、記憶に無い人。空中には沢山の言葉が浮遊している。日本語の言葉と、中国語の言葉。手を伸ばして触れてみると、言葉が弾けて消えてしまう。

糸が切れる音がした。音のする方に目を凝らしてみると、微かな光が見えた。光の方へ進もうとするが、足が重くて動けない。何かに足を囚われている。ふと頭がずきずきしてきて、思わず手で顳顬（こめかみ）を押さえた。

17

光が眩しくて目が覚めた時、彼女は暖かい布団の中にいた。

側頭部が鋭く疼いている。身体が重くて動かない。周りは清潔過ぎるぐらいの真っ白だった。天井に取り付けられている光源を暫く見つめていると、身体の奥底から吐き気が湧いてきた。眼球を動かして視線を天井から下ろすと、ぼんやりとした影が二つ並んでいた。目を細めてよく見ると、それは影ではなく、逆光で光に滲んで幾重にも見えた二つの輪郭だった。輪郭の細部ははっきり見分けられないが、輪郭から発せられた声は聞き取れた。

「迎梅（インメー）」

その呼び名も、中国語の響きも懐かし過ぎて、ここは何という国で、今はどの時代かは上手く思い出せなかった。再び瞼を閉じると、闇の中で白や紫の光の塊が不規則に結んでは飛び散った。ガチャッと扉が開く音がし、誰かが入ってきて、耳に馴染まない言語でさっき彼女を呼んだ人と何か話をした。その言語は彼女にも理解できるはずだが、聞き取る力は無かった。眠りが重い幕のように有無を言わせず降りてきた。

再び意識が甦った時、光源は消えていて周りは暗かった。柔らかいベッドの中で足掻きながら上体を起こすと激しい飢えと渇きに襲われ、それがきっかけでまだ生きている、と彼女はやっと悟った。目を凝らして見回すと、窓から注ぎ込んだ月と思われる銀色の光と、扉の下の隙間から漏れる金色の光を頼りに、部屋の中にある二つの人間の輪郭を辛うじて認めた。一人はソファに横たわっていて、もう一人は自分のいるベッドの脇に座り込んで、頭をベッドに載せて眠っている。

声を出そうとするが、上手く出ない。ぼんやりとした意識の中で手を伸ばし、ベッドの脇にいる人の顔を試しに指でなぞってみる。温かくて張りの良い、柔らかい肌だった。目が暗闇に慣れるにつれ、その人の顔も次第にはっきりしてきた。記憶の海から顔の持ち主の名前を探り当てて、それを掬い上げた瞬間、彼女はびくっとした。

彼女に触られたからか、その人も気が付いて、寝惚け眼を擦りながら身を起こした。視線が合った瞬間、二人は暫く見つめ合った。

ほぼ反射的に、ある台詞が彼女の頭に浮かんだ。

「噢，你也在這裡嗎？」

——あら、あなたもここにいたのね。ここはどこなのかは思い出せずにいたが、目の前に楊皓雪がいることについて何ら不思議には思わなかった。いつかの冬の午後の図書館のように、それは調和の取れた絵画の一部に感じられた。

ハッとしたように小雪は立ち上がり、電気をつけて扉の外に飛び出していった。再び戻ってきた時、白衣を着た茶髪の四十代の女性が彼女の後について部屋に入ってきたので、ここが病院の個室だとようやく悟った。

女医は彼女の脈や血圧を一通りチェックした後、微笑みながら小雪に頷いて、また出ていった。暫くした後、看護師と思われるもう一人の女性が食事を載せたトレーを持ってきた。スクランブルエッグ、ソーセージ、パンとバター、そしてペットボトルの飲料水だった。ソファに横たわっていた女性も身を起こして、食事を取る彼女を静かに見つめていた。肩に掛かるくらいのショートに、ふっくらと丸みを帯びた頰。その顔は見覚えがあるけれど、どこで見たか彼女には思い出せなかった。

飢えと渇きが治まった後、記憶と共に様々な疑問が湧いてきた。看護師がトレーを取り下げに戻り、ゆっくり休みなさい、という意味の英語を口にしてまた出ていった。部屋の中はやっと三人になった。彼女と小雪は無言で互いを見つめ合い、身の毛がよだつほどの沈黙が霧のように部屋中に立ち籠めた。

どれくらい経ったのか、彼女には分からない。数秒程度か、あるいは数時間か。やっと小雪が口を開き、沈黙の膜を破った。

「何故？」

何故死のうとするの、という意味の問いだと彼女は即座に理解した。

「貴女こそ、なんで？」

と彼女は訊き返した。なんで止めたの、という意味の問いだった。

崖の上から飛び降りようとした時、誰かに背後から抱き留められた。意識が闇に墜ちる直前の記憶がそれだったのだが、今にして考えれば、それは小雪に違いなかった。

「死んでほしくないから」

と小雪が言った。「もし迎梅が死んだら、私はきっといつまでも自分を責め続ける」

「自分を責める？　なんで？」

彼女は困惑した。「何故人の生死で、自分を責めたりするの？」

「『人』ではない。貴女だからよ」

と小雪が言った。「私はずっと貴女の記憶に付き纏われてきた。もし死なせてたら、きっとこれからも付き纏われ続ける」

彼女は黙り込んだ。彼女が小雪を忘れられなかったように、小雪も彼女を忘れられなかったと言っている。これは夢や幻覚ではないかと疑い出し、彼女は再び小雪の全身を上から下までじっくりと目を凝らした。ベッドの縁に座っていても細長い手足から華奢な長身が想像できて、長い茶髪がドット模様のシフォンブラウスの胸元まで掛かっている。記憶より少し大人びた横顔は相変わらず凛としていて、簡単には表情が読み取れず、それでいて確かな存在感を示していた。壁に懸かっている時計に視線を向けると、夜中三時を回ったところだった。

「皓雪の言葉は、全て本当よ」

言葉に窮していると、ふともう一人の女性が口を挟んできたので、彼女はその女性に目を向けた。どこかで会ったことがあるに違いないが、やはり思い出せない。

その女性は話を続けた。

「彼女だけじゃない、私も貴女のことが忘れられなかった。貴女の一番深い傷と知りながら、何故それに触れようとしたのかって、ずっと後悔していたの」

彼女はその女性を見つめながら、より一層困惑した。ふと何か途切れていた物が繋がったように、彼女はやっとその女性のことを思い出した。

小竹(シャウジュー)。みんなはその女性をそう呼んでいた。本名を彼女は知らないし、知ろうと思ったことも無かったみたい。とすると、自分も気付かぬうちに、小竹を傷付けていたのかもしれない。そう考えると、彼女は暫く呆然とした。

小雪と小竹の話によれば、二人とも大学時代に台湾同志熱線(台湾LGBTホットライン)でボランティアをやっていたが、当時は違うチームにいたから、知り合ったのは大学卒業後のことだった。三年前から二人は付き合い始め、その後間もなく同棲を始めたという。小雪は台北の公立中学校で公民科教師をし、小竹は公務員試験に受かり台北市政府で就職していて、二人ともホットラインでの活動は続けている。シドニーに来たのもホットラインの活動の一環で、マルディ・グラのパレードを見学するためだった。

「つまり、小竹も圏内人(こっち側の人間)なのね」

二人の近況を聞いた後、彼女は小竹にそう訊いた。

「我是雙(私はバイなの)」

小竹は頷いた。「手話サークルにいた時、迎梅はみんなとよく遊んでたけど、時々どこか遠くの場所を見つめるような虚ろな表情をしていたし、笑ってる時も、何となく無理してるような気がした。あのとき私は迎梅が好きだったから、そんな迎梅を見ると悲しくなったの」

彼女は思い出した。サークルが終わった後、小竹に誘われて、キャンパス内を散歩した夜。程良い気温に、気持ち良い風。雲間に見え隠れする柔らかな月。何かを真剣に話していた小竹の横顔。

「それで、どこかの食事会で偶然迎梅の過去を知って、迎梅の哀しみの根源に触れられた気になって」

小竹は話を続けた。「後になって思えば、理解した気になったのがいけなかった。まさか私のせいで迎梅がサークルに顔を出さなくなるとは、思いもしなかった」

そう語る小竹を見て、彼女はふとある違和感を覚えた。目の前で往事を述懐している女性が七年ぶりに再会した旧友ではなく、一度も面識が無く、自分が何の知識も持っていない誰かのように感じられた。そして語られる昔話も自分が関わっているものではなく、遠くにいる誰かの物語のように思われた。

彼女は小竹の気持ちに気付いていなかった。当時の彼女は自分のことで精一杯で、感情の荒波を鎮圧し、日常という小舟を乱れなく運航させる作業は、闇夜の綱渡りのようなものだった。

語りが一段落した小竹はソファに深く身を沈ませ、俯きながら黙り込んだ。自分の想像の及ばなかった小竹の心境に、彼女も反応に窮した。気まずい沈黙が暫く流れた。

数分経った後、彼女はやっと適切な言葉を見つけた。

「ごめんね、小竹。私、人の善意と悪意を区別する余裕が無かったの」

それを聞いて、小竹は明るい笑みを浮かべた。

「ううん、悪いのは私の方だった。あのサークルは、迎梅にとって大事な居場所だったのに、奪ってしまって、ごめんね」

「迎梅は、自分が考えているより多くの人間に愛されているよ」

ずっと黙って聞いていた小雪が言った。その口調は責めるようなものでも、咎めるようなものでも、宥めるようなものでもない。ある事実をありのままに取り上げ、彼女の目の前で提示するような、冷静な口調だった。「そして自分が考えているより、多くの人間を愛せるの」

「なんでそう言えるの？」小雪の口調に反射的な反発を覚え、彼女はそう訊き返した。

「昔からそう思っていたの。迎梅は孤独を楽しんでいるように見せかけるけど、本当は人との関わりを渇望していたって」

小雪は考えながらゆっくりと、言葉を一つ一つ慎重に選んでいるように話した。「それに今回も、自分の死に意味を持たせるために、ここに来たんでしょ？　つまり、意味というものをまだ信じている。何もかも信じられなくなったら、わざわざこんなことをする必要も無いんじゃないかな」

小雪の言葉を俄かには理解できず、彼女はまたしても激しい困惑に襲われた。次第にその困惑が一種の怒りに似た感情に変貌し、彼女は二人に言い放った。

「一体何なの？　二人がいきなり現れて、人を邪魔した挙句、そういう訳の分からないことを捲し立てて。何年間も姿を消していたくせに」

発作的に怒鳴った彼女に二人は愕然とし、暫く黙り込んで彼女を見つめた。ドアの外から誰かが廊下を通り過ぎる音がして、開け放たれていた窓から木々の戦ぐ音が聞こえた。

「姿を消したのは、迎梅の方だったよ」

やがて小竹がソファから立ち上がり、やはり慎重に考えながらゆっくりとそう言った。

「私は一時期、会いに行く勇気が無かったけど、後で決心がついて連絡を取ろうとした時、迎梅はまるで蒸発したようでいなくなっていた」

「悪かったね。名前を変えて、国まで出たからね。今だって、迎梅という人間はどこにもいないのよ。私の名前は紀恵(ジーホイ)なの。まあ、結局大して変わんなかったけどね」

彼女は自嘲めいた口調でそう言った後、また小雪に問い詰めた。「大体、なんで私が死んだらあんたが自分を責めなければならないの？　あんたの言うところの『愛』とかで？　そんなの自分勝手過ぎると思わない？」

二人が顔を見合わせた時の「なるほど」の表情から推察すると、彼女が名前を変えたことは初耳だったようだ。

「分かった。紀恵」と小雪は彼女に向き直って言った。その口調には幾分丁重さが増した。「確かに『自分を、、、責める』というのは、自分勝手な感情かもしれない。でもその感情には、『愛』などよりも遥かに具体的な裏付けがあるの」

小雪は一旦深呼吸をしてから、話を続けた。

「あの犯人は、四年半前に捕まったの。性的暴行の常習犯で、主に中部地方で犯行を繰り返していたらしい。紀恵も来るかもしれないと思って、私も裁判を傍聴しに行ったの。

台中女中の隣の裁判所で。証人として出席した被害者だけで五人、全員被害当時、同性の恋人と付き合っていた。犯人も自白したよ。妻が実は女好きで、彼を捨てて他の女と駆け落ちしたから、その腹いせでレズビアンを狙ってたってね。

問題は、何故彼は紀恵がレズビアンなのを知ってたかということ。あの裁判では触れられなかったけど、後で判決書を読んで、あの夜、彼が逢甲大学から私達に目を付けていたことが分かった。私達がバス停で別れた後、彼は適当に片方を選んで尾行したって。つまり、被害に遭ったのが私じゃなくて紀恵だったのは、単なる偶然ということになる」

小雪によって語られたことがあまりにも意外だったため、彼女は暫く唖然とした。それらの事実をどう受け止め、どのように理解し、どう反応すればいいか、俄かには見当が付かなかった。

小雪は語り続けた。

「それを知った後、何故自分じゃなくて紀恵だったのか、という考えと、自分じゃなくて良かった、という考えが、いつも頭の中に去来していた。それと同時に、『自分じゃなくて良かった』という利己的な考えを少しでも持っている自分がとても嫌になった。

紀恵が一番辛かった時に、私はと言えば自分の生活にばかり没頭していた。だから、きっと紀恵が死んだら、私はいつまでも自責の念に苛まれる。紀恵、私も貴女と同じ、過去から解放されたいのよ」

小雪は少しも激昂した様子を見せず、あくまで淡々とした口調で語り抜いた。しかしその口調には金属を打ち鍛えるような、確固たる意志が込められているように感じられた。

彼女は思わず想像した。あの月の無い熱帯夜に、あんな目に遭ったのがもし彼女ではなく、小雪だとしたら——想像しただけで、彼女は慄然とした。それは絶対あってはいけないことだ。自分で、良かった——それと同時に、ある声が脳内で囁いた。何故自分でなければならないのか。自分の命の方が安いはずが無いのに、何故小雪ではなく、自分なのか——

相反した二つの想念を咀嚼しながら、彼女は考えた。小雪も似たような矛盾をずっと抱えてきたのだろうか。だから自分が死んだら、彼女の傷になる——

「私だけが弱いわけではなく、人間はみな弱い、ということなのね」

と、彼女は確かめるように、静かに言った。

その呟くような声を受け、小雪は彼女の目をまっすぐ見つめながら、はっきりと頷いた。

「紀恵、貴女はもう充分強い」

小雪の両目に見つめられながら、彼女はある光景を思い浮かべた。微かな光も見えない真夜中の舞台で、真っ黒な服を着た一人のダンサーが、物音一つ立てずに舞っていた。そこには観客もいなければ、パートナーもいない。ダンサーはただ踊っていた。腕で弧を描いたり、片足を軸に回転したり、跳躍して宙返りしたり。いつまで舞い続けるかは分からない。そこには時間も無ければ、空間も無い。だから精力が尽きるまで、生のエネルギーが果てるまで舞い続けるしかない。

「台湾に帰ってきたらどう?」

と、小竹が提案した。「私と皓雪が住んでいるマンションには空いている部屋もあるし。迎梅でも、紀恵でも構わない。三人でレインボーマンションを組もうよ」

舞台に一筋の光が射し込み、暗闇を引き裂いた。それはやがて一枚の光の扉となり、静かに温もりを放っていた。そうだ。何故今まで気付かなかったのだろう。ダンサーは把手に手を掛けた。闇に隠れて見えなかっただけで、この扉はずっとここにあったはずだ。

「いや、遠慮しとくね」

小竹の申し出に、彼女は二人を交互に見つめて暫く沈吟してから、そう答えた。窓の外に目を向けると、上弦の月が中天に懸かっているのが見えた。視線を室内に戻し、彼女は二人ににっこりと笑いかけることにした。「扶桑已在渺茫中(ふそうはすでにびょうぼうたるなかにあり)、家在扶桑東更東(いえはふそうのひがしのさらにひがしにあり)。日本という、自分で築いた居場所を、私はまだ諦めてはいない」

それを聞いて、小雪と小竹は互いに顔を見合わせ、その日初めて安心したような微笑みを浮かべた。

二日後、小雪と小竹の見送りに、彼女はシドニー空港に行った。自分も三日後の飛行機で日本に帰ることになっていた。入国審査で不審がられないように、帰りの航空券も一応取っていたのだ。

午後三時、空港は行き交う旅客で騒めいていた。旅客のほとんどが真夏の格好をしていたが、小雪と小竹は薄手のジャケットを手荷物に持っていた。十時間の飛行の後、二人は季節も風向きも真逆な北半球の小島に着き、それぞれの日常に戻る。半球が違えば季節も違う、考えてみれば不思議なことだ。

結果的に彼女は生き延びた。後になって彼女が小雪と小竹に巡り会ったことに感謝するか、それとも憎むかは、今はまだ分からない。出発口前で小雪と小竹の背中を見つめながら、彼女は考えた。もし人生が誰かに操られる傀儡のようなものだとすれば、彼女の存命は果たして傀儡を手繰る意志に対する反逆なのか、それとも屈従なのか。それを結論付ける術を彼女はまだ持っていない。

どちらにしても、日本に帰ったら待ち受けている難題は山ほどある。職務放棄で仕事は懲戒解雇されたかもしれないし、家賃滞納と行方不明でマンションは引き払われたかもしれない。秘密がばらされた後の人間関係も清算しなければならないし、友人からのメッセージに返信しなかった理由も考えておかなければならない。しょちゃんにはどのような顔で接すればいいか、気持ちを整理する必要もある。現実を正しく認識すれば、今は呑気に形而上学的なことを考えている場合ではないはずだ。

それより十年ぶりに小説を書いてみたい。空港から都心へ向かうシャトルバスで、後ろへ流れる景色を眺めながら、ふとそんな思いが脳裏を過った。今なら書ける気がした。頼香吟はこう書いた。「書くことで治療されることは無い。完治しそうになって初めて書けるようになるのだ。書くことは、完治寸前にある深呼吸なのだ」。だから書こう。暗闇の中で踊るソロダンサーの話を。

都心に戻った時、時計は五時を回ったところだった。夕方の陽射しがハイドパークの樹々に降り注いで眩しく照り返し、芝生の中で何組かの家族連れやカップルがピクニックしていた。その近くにある巨大チェスボードで、二十代に見える若者と七十代の老人が対局していて、周りの人達が興味津々と観戦していた。ふと微風が吹き抜けたのを感じて、彼女は思わず空を見上げた。

空はまだ明るく、白っぽい雲が煙のように薄く棚引いていた。

解説

野崎(のざき)歓(かん)
（フランス文学者）

デビュー作には作家のすべてが含まれているとしばしば言われる。しかし実際には、話は逆なのかもしれない。おそらく、自分のすべてを注ぎ込む覚悟で書くのでなければ、作家として真にデビューを果たすことなどできないのだ。

それだけの気迫と熱情のこもった作品には、そうしょっちゅうお目にかかれるものではない。李琴峰(りことみ)の『独り舞』はまちがいなく、そうしたまれな作品のひとつだ。

本書は群像新人文学賞優秀作である。選考委員としてこの作品に出会った時の驚きは、いまも忘れない。読む者の心を揺り動かすような迫力に、つくづく感心させられた。

主人公の趙迎梅(ジャウインメー)は台湾に生まれ育ったが、いまは「二千キロの海で隔てられ」た日本に生活の基盤を移している。趙紀恵(ちょうのりえ)と名前も変え、高層ビルのオフィスに通勤する日々である。彼女は少女のころから孤独癖があり、死の想念にとりつかれている。さらに高校卒業の直後にとんでもない「災難」に見舞われたことで、精神に変調をきたし、自殺の誘惑にさいなまれるようになった。恋人の小雪（シャウシュエ）、さらには高田薫（たかだかおり）との関係も、容易に彼女の人生を幸福にしてはくれない。

いうなれば、徹底した苦悩の文学、不安と生きづらさの文学である。だが、作者はそうしたあらゆるネガティヴな要素を、雄渾（ゆうこん）と言いたくなるほどのダイナミックな筆致で描き上げていく。「死ぬ。」の一語から始まっているにもかかわらず、主人公は懸命に、ひたむきに生きている。自分の生と妥協なく対峙している。その結果、読む者を鼓舞（こぶ）し、ふるいたたせるような、エネルギーあふれる物語となっている。

レズビアンに対する周囲の人々の無理解に直面するたびに、主人公は屈辱や失望を味わわないわけにはいかない。社会はあまりに不公平だし、世界は不条理で残酷だ。しかし、そのただなかにあってなお、苦しみを凌駕（りょうが）するような、一種気宇壮大（きうそうだい）な構えがこの作品には備わっている。

作品終盤、主人公が北京で、一人の女性と知り合って言葉を交わすシーンがある。彼女は、三年後に「万里の長城の下で」会おうという恋人との約束を守って、凍てつく大雪の日に彼を待ち続けていたのである。

その一途さもさることながら、そもそもそんな約束のしかたがあり得るのか！ と驚かされる。しかしまた、それがいかにも似合うのが『独り舞』の世界なのである。時を超え、空間を超えて貫かれるパッションが、主人公のうちにもひそかに燃え続けている。そのパッションは、国境や文化の差異をものともせずに作品を書く作者自身のエネルギーと通いあうものだ。

台湾人である作者が日本語で書いたという事実が、本作品の大きな特徴となっていることは言うまでもない。日本に留学後、数年にしてこの長編を書きおろしたのだから、まったく感嘆するほかはない。主人公は、村上春樹や太宰治、芥川龍之介や三島由紀夫を愛読し、レズビアンを主題とする中山可穂の小説に触発されている。おそらく作者自らも日本文学とのあいだに深い絆を結んできたのだろう。ただし『独り舞』の日本語は決して、コピーとしての日本語ではないし、お手本に従って真似してみたというような形だけの代物ではない。そこには、自分の選び取った異国の言葉によって新たな表現を切り拓こうとする意欲がみなぎっている。また、作者は中国古典の伝統によく通じていて、それが本書の日本語を支える大切な要素となっていることが感じられる。新鮮であるとともに格調高い、独自の魅力的な文体がそこから生まれたのだ。

たとえば渋谷の街角で繰り広げられるプライドパレードが、こんなふうに描き出されている。

「幾朶の巻雲が漂う碧空の下、虹色に彩られ胸を張って闊歩する人の群れ。まるで世界から祝福されているような気分だ」

渋谷の街頭をこんなふうに描写する作家がほかにいるだろうか。「幾朶」とは雲の折り重なるさまをいう表現で、辞書を引くと用例は唐代の詩までさかのぼる。現代の東京のにぎわいを、ゆくりなくも漢詩を思わせるような調子で謳い上げることで、プライドパレードの情景に堂々とした尊厳が与えられている。

あるいはこんな一節もある。「休日の上野駅は人波が飛蝗の如く東西南北に流れていた」。飛蝗とは要するにバッタのことだが、漢字文化圏ではなるほどこういうふうに言い表せるわけだ（夏目漱石や芥川龍之介も用いていた語である）。しかもそんな伝統的言い回しとともに展開されるのは、鮮烈なフランス映画『アデル、ブルーは熱い色』における主人公と高田薫との遭遇シーンを思い出さずにはいられないような、ヒロイン同士の出会いの遭遇シーンなのだ。

古今東西の文学や芸術を糧として育まれた作品であることが、はしばしにまでよく表れている。まさに文化のダイバーシティを豊かに体現する小説である。なにしろ、現代の最先端をいく都市の情景が、一八〇〇年もの時を隔てて「曹操」の詩を呼び起こすほどに懐が深く、構えが大きい。自らの血肉と化した過去の文学表現を、作者は自在に引き出し、活用する。しかもそこに、ふつふつと滾(たぎ)るような痛切な感情がかよっていることが、文体の妙をいっそう引き立てている。

「夢の汽車に乗って銀河の果てまで走ろう。二人で」――高田薫との逢瀬の喜びに浸りながら、主人公が口にするせりふだ。「馬鹿げた戯言(たわごと)」と自分でも突っ込みを入れているのだが、とはいえこれは小説を支える想いの激しさにふさわしいフレーズだとも思える。少女時代から、主人公は人生が「巨大な影」に覆われていることを感じてきた。その意識は逃れられない宿命として彼女を縛り続けている。果てしない暗黒の淵は、いつでも彼女の足元に口を開こうとしている。だからこそ、光を求める気持ちも純粋なのである。

「自分の心に付き纏う死の翳りを、月のような柔らかな光を持つ薫が追い払ってくれるだろう、と彼女は思った」

そんな痛ましいまでの希求が、コズミックな、宇宙に広がり出すほどのスケール感を秘めている。それもまた李琴峰の小説の独自な魅力だ。ラストに近づくにつれて、物語のスピードが急に加速し、世界を経めぐる展開となる。それが空回りと感じられないのは、主人公の内面を抉り出すように綴る一方で、個を超えた視野の広さ、高邁さがあるからだろう。最後に描き込まれた空を見上げるしぐさが、読後も深い印象を残す。

本書ののち、李琴峰は次々に清新な作品を発表し続け、高い評価を受けている。これからも、現代社会のはらむさまざまな問題を受け止めながら、情熱にあふれた、スケールの大きい創作に挑んでいくことだろう。そのなかにあっても、つねに振り返られるべき原点として、本書は輝き続けるにちがいない。

二〇一八年三月　講談社刊

光文社文庫

独り舞（ひとりまい）

著者　李琴峰（りことみ）

2022年7月20日　初版1刷発行

発行者　鈴木広和
印刷　萩原印刷
製本　ナショナル製本

発行所　株式会社光文社
〒112-8011　東京都文京区音羽1-16-6
電話（03）5395-8149　編集部
8116　書籍販売部
8125　業務部

落丁本・乱丁本は業務部にご連絡くだされば、お取替えいたします。
ISBN978-4-334-79384-5　Printed in Japan

組版　萩原印刷